Nadine Föhse

#queer

Roman

Bibliografische Information der Deutschen
Nationalbibliothek:
Die Deutsche Nationalbibliothek verzeichnet diese
Publikation in der Deutschen Nationalbibliografie;
detaillierte bibliografische Daten sind im Internet über
http://dnb.dnb.de abrufbar.

Lektorat: Sophie Kossow, Lektorat Textfuchs
Korrektorat: Sophie Kossow, Lektorat Textfuchs
weitere Mitwirkende: Florin Noël Haidar

Herstellung und Verlag: BoD – Books on Demand,
Norderstedt

ISBN: 978-3-7504-1479-2

Für meine Tochter.
Mögest du in einer Welt leben,
in der schwul keine Beleidigung ist.

PROLOG

»Hallo Leute und herzlich willkommen z-« – »Moritz? Moritz, was machst du da?«, unterbrach ihn die Stimme seiner Mutter. Moritz seufzte. Es war ja zu erwarten gewesen, dass seine Mutter irgendwann mitbekam, dass er vermeintlich Selbstgespräche führte. Deshalb hatte er bislang meistens aufgenommen, wenn seine Eltern nicht zu Hause gewesen waren.

»Nix, Mama!«, antwortete Moritz nun wie automatisch und wollte gerade erneut ansetzen, da rief sie wieder. »Moritz, ich höre doch, dass du redest! Also?« Und schon stand sie in seinem Zimmer. Resigniert verdrehte er die Augen.

»Ich drehe ein Video«, erklärte er. Sie wirkte, wenn dies überhaupt möglich war, noch verwirrter. »Ein was?«

»Ein Video. Für's Internet.«

»Ja, klar, wenn du's einfach wiederholst, versteh ich's gleich viel besser...«, erklärte sie halbernst.

»Ich drehe Videos und veröffentliche sie dann im Internet. Über Spiele, die ich zocke, und so«, führte Moritz näher aus. Sie nickte, obwohl sie offensichtlich noch immer keine Ahnung hatte, was er meinte. »Und warum macht man sowas?«

Typisch Eltern, schoss es Moritz durch den Kopf. »Weil ich Lust dazu habe. Außerdem gefallen sie meiner Community.«

»Community? Du meinst, das gucken Leute sich an?«, fragte sie skeptisch. Moritz nickte. »Jeden Tag«, bestätigte er, »Wenn's so weitergeht, kann ich damit sogar Geld verdienen!«

***

Grinsend dachte Moritz an das Gespräch mit seiner Mutter zurück. Das war jetzt fast fünf Jahre her. Viel war seitdem passiert, mittlerweile verdiente er sogar ganz gut nebenbei.

Die Inhalte, die er veröffentlichte, hatten sich ziemlich verändert und seine Eltern sahen sich sogar manchmal Videos von ihm an. Beides fiel unter die Kategorie „Dinge, die ich vor fünf Jahren nicht im Traum geglaubt hätte".

Was sich in all den Jahren nicht verändert hatte, war die Tatsache, dass Moritz immer noch in seinem alten Kinderzimmer aufnahm, doch das störte ihn nicht. Seine Eltern hatten sich an den Nebenjob gewöhnt und er sparte so die Kosten für die Miete. Eine klassische Win-Win-Situation, wie er fand.

Moritz setzte seine Kopfhörer auf und startete den Messenger. Schon trudelte der Anruf seines neuen Kumpels ein. Lars schien regelrecht auf ihn gewartet zu haben. Sie hatten sich vor einigen Wochen über MyTube kennengelernt und auf Anhieb gut verstanden. Leider wohnte Lars rund 350 Kilometer entfernt, weshalb sie sich bisher nur via Skope gesehen hatten.

Na, endlich …, dachte Moritz, während er den Anruf annahm.

KAPITEL 1

»Wow!« Beeindruckt stieg Moritz aus dem Zug. Der Hamburger Hauptbahnhof war schon eine imposante Erscheinung, fand er. Die große Gewölbehalle, die vielen Menschen, die sich zielstrebig ihren Weg bahnten, das alles hatte Weltstadt-Flair. Langsam ging er zur Rolltreppe und fuhr nach oben, während er weiter das bunte Treiben um sich herum beobachtete. Plötzlich vibrierte es in seiner Hosentasche – eine Nachricht von Lars!

Na, schon angekommen?

Gerade eben. Jetzt erst mal ins Hotel. In einer Stunde geht's los!!

Moritz schickte die Antwort ab und ging durch den Bahnhof. Lars' Nachricht freute ihn. Moritz war froh, der Einladung zum heutigen MyTube-Event gefolgt zu sein. So hatte er Gelegenheit, Lars, wenn auch nur für ein paar Stunden, persönlich zu treffen. Zum allerersten Mal. Moritz' Magen zog sich freudig zusammen. Grinsend ging er zum Taxistand.

Findest du allein hin, oder soll ich dich abholen?

Unwillkürlich musste Moritz schon wieder lächeln. Das war typisch Lars. Er kümmerte sich. Immer. Er wusste, dass Moritz zum ersten Mal in Hamburg war und sich garantiert nicht auskannte. Er würde ihn sogar am Hotel abholen. Es gefiel Moritz, dass Lars so war, aber sein Hotel lag nur zehn Gehminuten von der Location entfernt, in der das MyTube-Event stattfinden sollte. Es wäre albern, sich für das kurze Stück abholen zu lassen. Also schrieb er Lars, dass er allein hingehen würde und sie sich dort träfen.

Alles klar. Ich bring eine rote Rose mit, damit du mich auch erkennst! ;-)

Wie meinte er das denn? Rote Rose? Verwirrt schüttelte Moritz den Kopf. Manchmal machte Lars so merkwürdige Andeutungen, dass Moritz völlig durcheinander war. Während er ins Taxi zum Hotel stieg, dachte er an das eine Mal vor einigen Wochen bei einem ihrer Telefonate zurück.

***

Die beiden hatten sich zum Drehen verabredet und quatschten vorher noch ein wenig über Gott und die Welt. Das taten sie häufig. Eigentlich immer, wenn sie gemeinsam aufzeichneten. Und dazwischen auch, mittlerweile telefonierten sie fast jeden Tag via Skope.

Beim Dreh dann bekam Moritz – mal wieder – blutrote Wangen. Das passierte ihm ständig: Wenn er nervös wurde, sich schämte oder aufgeregt war. Es war ihm so schon peinlich genug, doch durch Lars' Kommentare wurde es meist noch schlimmer. Leise drang an jenem Tag Lars' Lachen durch die Kopfhörer an sein Ohr.

»Du bist echt süß, wenn du so rot wirst«, erklärte er und in seiner Stimme klang das verschmitzte Lächeln durch. Moritz gab sich alle Mühe, sich nicht anmerken zu lassen, wie sehr ihn dieser Kommentar verwirrte. Er konnte nicht sagen, ob er noch röter wurde.

»Äh, danke?«, antwortete er skeptisch, als er sich wieder gefangen hatte.

»Da nicht für.« Lars schien es einen Heidenspaß zu machen, ihn aus der Fassung zu bringen, deshalb tat er es bei jeder sich bietenden Gelegenheit.

***

»Junger Mann? Ich verdien' zwar auch was, wenn wir hier nur rumstehen, aber das bringt Ihnen doch nix!«, riss ihn nun die Stimme des Taxifahrers aus den Gedanken. »Ach, Entschuldigung. Ich war ganz in Gedanken … Was macht das?«, erwiderte Moritz verstört und zog sein Portemonnaie hervor.

»Das sieht man wohl. Werden Sie dabei immer so rot? Zwölf fuffzich.«

Wortlos zog Moritz das Geld hervor und verließ so schnell wie möglich das Taxi. Jetzt wurde er sogar schon beim Gedanken an peinliche Situationen rot … Na prima.

Kurz darauf traf Moritz an der alten Fabrikhalle ein. Das gute Wetter, das ihn schon den ganzen Tag begleitete, hatte sich gehalten, sodass er seine Jacke im Hotel gelassen hatte. Schon von Weitem konnte er Lars sehen, der am hinteren Eingang lehnte. Hier war es ruhig, der Eingang für die Fans war auf der anderen Seite des Gebäudes. Lars sah lässig aus, hatte eine Hand in der Hosentasche und die andere zum Gruß erhoben. Er grinste breit, als Moritz näherkam. Moritz beschleunigte seinen Schritt und wischte sich seine schweißnasse Handfläche an der Innenseite seiner Hosentasche ab.

»Hey, auch schon da? Alles klar?«, fragte Lars, schlug in Moritz' ausgestreckte Hand ein und drückte ihn mit dem anderen Arm kurz an sich. Regelrecht überrumpelt atmete Moritz heftig ein. Hm, Lars roch gut. Irgendwie frisch und doch männlich, auf eine angenehme Art. Moritz schüttelte kurz den Kopf. Was dachte er denn da? Sowas konnte er doch nicht von seinem Kumpel denken!

»Nicht? Was ist denn? Kakerlaken im Hotelzimmer, Ausblick auf die Herbertstraße oder Dusche nur auf dem Gang?«, missverstand Lars sein Kopfschütteln als Antwort.

»Doch, alles klar. Sorry, war kurz in Gedanken. Hi erst mal!«, grinste Moritz jetzt und merkte trotzdem, wie er schon wieder rot wurde. »Hi. Das freut mich. Dann lass uns mal reingehen und uns den Massen stellen«, schlug Lars vor und ging voran in die Halle. Es war schon ordentlich was los. Andere MyTube-Creator unterhielten sich miteinander und mit den Fans und machten Fotos. Kaum, dass sie die Halle betreten hatten, war auch Moritz von Fans umringt, die ihn unbedingt kennenlernen und Fotos mit ihm machen wollten. Lars grinste und hielt sich ein Stück im Hintergrund, bis die Besucher auch ihn entdeckt hatten. In den nächsten Stunden hatten sie kaum Gelegenheit, miteinander zu sprechen.

***

»Wow, was für ein Tag!«, schnaufte Benedikt und ließ sich auf einen Stuhl fallen. »Wir haben sogar überzogen … Endlich Feierabend.«

»Sag mal, ist hier immer so viel los?«, wollte Moritz wissen und nahm einen Schluck aus seiner Wasserflasche. Er saß mit Ben, der die Veranstaltung ins Leben gerufen hatte, und Lars an der Bühne. Die anderen Helfer waren bereits gegangen.

»Nö, nur, wenn sich prominenter Besuch ankündigt!«, antwortete Ben jetzt grinsend. »Kaum, dass ich deine Zusage hatte, war online die Hölle los ... Oder, Lars? Als du das erste Mal hier warst, war nicht halb so viel los.«

Lars schüttelte den Kopf. »Nicht mal annähernd. Du bist eben ein echter Teenie-Magnet!«

Ben lachte auf. »Oder Mädchenschwarm. Die waren dieses Mal doch eindeutig in der Überzahl!«

Moritz merkte, wie ihm das Blut in die Wangen schoss, und grinste verlegen. »Danke für das Kompliment!«, lachte er und schämte sich doch. Bisher hatte er sich nie für einen Mädchenschwarm gehalten.

»Gerne. Sag mal, Moritz, wie lange bleibst du eigentlich noch?«, fragte Lars.

»Nur noch bis morgen. Ich bin noch mit Ben verabredet«, Moritz ruckte mit dem Kopf in Bens Richtung, »und dann fahr' ich um 17 Uhr schon wieder nach Hause.«

Er sah, wie Lars' Lächeln ein wenig verblasste, und fand es selbst auch schade, dass sie sich nicht länger sehen würden. Er wäre gern noch geblieben und hätte Zeit mit Lars verbracht. Doch er hatte Verpflichtungen, musste er doch in die Uni, und sein MyTube-Kanal bespielte sich auch nicht von selbst.

»Ja, wir gehen auf so eine kleine Convention ... keine Ahnung, ob sich das lohnt, aber mal sehen«, hakte Ben jetzt ein. Lars nickte.

»Na, dann ist eines ja wohl klar: Wir müssen heute Abend noch auf den Kiez gehen!«, erklärte Lars und hatte offensichtlich seine gute Laune und sein Selbstvertrauen schon wiedergefunden.

Moritz erstarrte. Auf den Kiez? Er war sich nicht sicher, ob das eine so gute Idee wäre. Höflich versuchte er, abzulehnen.

»Sorry, aber ich bin total müde …«, setzte er an.

»Ach, Unsinn. Stell dich nicht so an!«, erwiderte Lars.

»Nee, wirklich.«

»Na komm, du musst ja nix trinken! Aber du kannst auf der Heimfahrt noch genug schlafen!«, schlug sich jetzt auch Ben auf Lars' Seite.

Seufzend ergab Moritz sich seinem Schicksal. »Okay, okay!«, willigte er ein, dann folgte er den anderen in Richtung Reeperbahn.

KAPITEL 2

Das Erste, was er wahrnahm, waren höllische Kopfschmerzen. Vorsichtig versuchte Moritz, sich über die staubtrockenen Lippen zu lecken, doch das pelzige Gefühl in seinem Mund machte alle Bestrebungen zunichte. Er hatte sich schon ewig nicht mehr so beschissen gefühlt. Wenn er seinen Kopf bewegte, wurde ihm schwindlig. Alles eindeutige Anzeichen eines handfesten Katers.

Vorsichtig blinzelte er und öffnete die Augen einen Spaltbreit. Er lag offenbar auf der linken Seite, am Rand seines Bettes im Hotelzimmer und mit dem Gesicht Richtung Fenster. Das helle Licht, das durch die halb geöffneten Vorhänge hereinfiel, stach ihm in den Augen und machte die Kopfschmerzen nur noch schlimmer. Es war also Morgen. Aber wie war er in sein Hotelzimmer gekommen? Er wusste es nicht.

Innerlich fluchend schloss er die Augen wieder und drehte sich ein Stück. Er lag jetzt auf dem Bauch und konnte den Kopf ganz vom Fenster abwenden. Mit der rechten Hand tastete er auf dem Nachttisch nach seinem Handy, fand jedoch nur seine Brille. Verdammt, hoffentlich hatte er es nicht verloren, als er betrunken heimgekommen war. Mit viel Glück lag es irgendwo im Hotelzimmer. Moritz schnaufte und dachte an den Vorabend zurück.

Sie waren in eine Kellerkneipe irgendwo auf dem Kiez gegangen. Es war dunkel und stickig gewesen und Ben hatte Flaschenbier für alle geholt. Natürlich hatte er auch ein Bier genommen. Der erste Fehler. Sie hatten angestoßen, getrunken und sich unterhalten. Und ehe Moritz sein erstes Bier ausgetrunken hatte, hatte das zweite auf dem Tisch gestanden. »Na gut, nur noch das eine«, hatte Moritz gesagt und das Bier getrunken. Dann hatte Lars »Mexikaner!« gerufen und war in Richtung Theke verschwunden. Moritz hatte sich noch gefragt, was es damit auf sich hatte, als Lars schon wieder mit einem großen Tablett voller Schnapsgläser mit roter Flüssigkeit neben dem Tisch stand.

Dieses Mal fluchte Moritz laut. Sie hatten Schnaps getrunken, deshalb konnte er sich nicht erinnern, wie er zurück ins Hotel gekommen war! Deshalb hatte er so einen vermaledeiten Kater und war völlig fertig!

»Ungh«, machte es plötzlich neben ihm. Moritz erschrak und hob den Kopf. Er drehte sich in die Richtung, aus der das undefinierbare Geräusch gekommen war, und öffnete die Augen.

»Kannst du mal mit der Randale aufhören? Ich versuche hier, zu schlafen!«, grummelte Lars neben ihm. Er hatte die Augen geschlossen und lag bis zum Kinn unter der zweiten Bettdecke. Er bewegte sich ein Stück, streckte die linke Hand unter der Decke hervor und rollte sich von Moritz weg auf die Seite. Dann begann er, laut zu schnarchen.

Was zur Hölle war passiert? Warum lag Lars neben ihm im Bett? Moritz konnte es sich beim besten Willen nicht erklären. Dann erreichte die Information, dass Lars tatsächlich neben ihm lag, auch den letzten Winkel seines Gehirns und wie von der Tarantel gestochen setzte er sich auf.

Die ruckartige Bewegung verstärkte seine rasenden Kopfschmerzen erneut. Er drehte sich zur Bettkante und stellte die Füße auf den weichen Teppichboden. Während er darauf wartete, dass das Schwindelgefühl nachließ, setzte er seine Brille auf und sah an sich herunter.

Wieder fuhr ihm der Schreck in die Glieder. *Warum bin ich nackt?!*, fragte er sich stirnrunzelnd. Diese Frage würde er später, gemeinsam mit Lars, hoffentlich beantworten. Jetzt musste er erst mal etwas gegen diese dämlichen Kopfschmerzen unternehmen. Langsam stand er also auf und schlang die dünne Bettdecke um seinen Körper. Vorsichtig tapste er zu seinem Koffer. Auf dem Boden lagen Kleidungsstücke verstreut, doch Moritz ignorierte sie und suchte nach einer Kopfschmerztablette. Als er sie gefunden hatte, ging er ins Bad, goss sich Wasser ein und spülte die Tablette herunter. Dann besah er sich im Spiegel.

Keine Blessuren, soweit er feststellen konnte, was gut war, denn das war nach einer durchzechten Nacht auch schon mal anders gewesen. Mit einer Hand fuhr er sich durch die Haare. »Bah«, stieß er aus. Das übriggebliebene Gel hatte seine Haare unangenehm verklebt und pappte jetzt auch an seinen Fingern. Obwohl Moritz eigentlich nur wieder zurück ins Bett wollte, schloss er die Badezimmertür und ging unter die Dusche.

Während er unter dem warmen Wasserstrahl stand und die Kopfschmerzen langsam nachließen, versuchte Moritz, sich an die vergangene Nacht zu erinnern. Was war passiert, nachdem Lars mit diesen merkwürdigen

Mexikanern, die offenbar ein selbst gemischter Schnaps waren, an den Tisch gekommen war? Wie war er ins Hotel gekommen? Er konnte sich beim besten Willen nicht erinnern.

Ein Klopfen an der Tür riss ihn aus seinen Gedanken.

»Ich dusche!«

»Das hab' ich wohl gehört. Aber du bist schon 'ne halbe Stunde da drin. Versuchst du, dich zu ersaufen? So schlimm war's letzte Nacht auch nicht!«, erwiderte Lars.

»Da bin ich mir nicht so sicher«, murmelte Moritz, stellte aber dennoch das Wasser aus und trocknete sich ab. Dann schlang er sich das Handtuch um die Hüften, faltete die Bettdecke unordentlich zusammen und kam aus dem Bad. Lars war nirgends zu sehen.

Er wandte sich seinem Koffer zu, um frische Klamotten anzuziehen. »Das Bad ist frei«, sagte er leise und räusperte sich. Der Schluck Wasser hatte zwar gutgetan, aber so richtig normal fühlte er sich immer noch nicht. Hinter sich hörte er Schritte und dann die Tür zum Bad.

Während er sich anzog, versuchte er wieder, sich Erinnerungen an die vergangene Nacht ins Gedächtnis zu rufen. Er hatte Bier getrunken. Und Schnaps. Immer schön durcheinander. *Was soll da auch schief gehen?*, fragte er sich spöttisch. Er schnaubte verächtlich und setzte sich angezogen auf die Bettkante. Dann besah er sich die Klamotten auf dem Fußboden genauer.

Zwei T-Shirts, zwei Hosen, zwei Boxershorts, dazwischen verteilt die Socken. Er stockte, zählte nochmal. Warum jeweils zwei? War Lars etwa auch nackt gewesen?

Was zur Hölle war bloß passiert?!

Er konnte, wollte nicht darüber nachdenken. Auf dem Schreibtisch lag sein Portemonnaie. »Lars? Ich geh' Kaffee holen, willst du auch?«, rief er, während er seine Schuhe anzog. »Ja, bitte. Schwarz, wie meine Seele«, antwortete Lars über das laufende Wasser der Dusche hinweg.

An der Rezeption sah Moritz das erste Mal auf die Uhr. Er hatte noch anderthalb Stunden bis zum Check-Out, immerhin. Genug Zeit, um mit Lars die Ereignisse der letzten Nacht zu rekonstruieren, – obwohl er sich nicht sicher war, ob er das alles wirklich wissen wollte.

Als Moritz ins Hotelzimmer zurückkehrte, saß Lars komplett angezogen auf dem Bett und hatte sein Handy in der Hand. Wortlos reichte Moritz ihm seinen Kaffeebecher. »Danke«, nickte Lars und legte das Handy beiseite. Moritz sah sich suchend um und nahm einen Schluck Kaffee. »Deins liegt auf dem Schreibtisch«, beantwortete Lars seine unausgesprochene Frage. Moritz nickte und setzte sich dann auf den Stuhl am Tisch. Langsam drehte er sich zu Lars.

»Hast du irgendeine Ahnung, was letzte Nacht passiert ist?«, stellte er schließlich die Frage, die ihn seit dem Aufstehen umtrieb. Lars nahm einen großen Schluck Kaffee. Dabei sah er, wie Moritz auffiel, betont an seinem Gegenüber vorbei.

»Wir haben Schnaps getrunken«, antwortete er.

Moritz seufzte. »Das weiß ich. Und weiter?« Lars zuckte mit den Schultern, antwortete aber nicht.

Moritz hatte das Gefühl, dass Lars absichtlich nicht mit der Sprache rausrückte. Er massierte seine immer noch schmerzenden Schläfen.

»Lars, ganz im Ernst. Ich hab' 'nen mordsmäßigen Kater. In 'ner knappen Stunde muss ich auschecken und um fünf geht mein Zug. Ich hab' den Filmriss meines Lebens. Ich wär' dir echt dankbar, wenn du mir einfach sagen würdest, was gestern Nacht passiert ist, nachdem wir mit dem Schnaps angefangen haben.« Er sah Lars direkt in die Augen.

»Du hast heute noch nicht in dein Handy geguckt, oder? Das müsste einen Großteil deiner Frage beantworten«, erklärte Lars kryptisch.

Da Moritz keine Lust auf eine Diskussion hatte, griff er seufzend nach seinem Handy hinter sich. Er hatte eine Nachricht von Ben.

Hey Schnapsdrossel! Wann treffen wir uns heute? ;-)

Shit, er war ja mit Ben verabredet gewesen! Schnell antwortete er, entschuldigte sich mit seinem Kater und durchstöberte dann sein Handy. Im Foto-Ordner waren knapp 500 Bilder. Moritz stockte. Das waren wesentlich mehr, als er in Erinnerung hatte. Obwohl er Angst hatte, was er nun zu sehen bekommen würde, öffnete er das erste Bild des Abends. Es zeigte ihn und Ben mit Bierflaschen. Ein Selfie, er konnte sich sogar noch dunkel daran erinnern.

Er scrollte weiter. Er und Lars, Schnäpse in den Händen. Einige Leute, die Moritz nicht kannte, sie hielten grinsend die Biere in die Kamera. Ein Selfie von Lars und Ben. Langsam wurden die Bilder verschwommener.

Die nächsten Bilder zeigten Lars, wie er mit Schnaps am Tisch stand. Dann Lars und ihn, sie tranken offenbar Brüderschaft. Beim Anblick des nächsten Bildes zog Moritz hörbar die Luft ein. Er sah auf und stellte fest, dass Lars ihn offenbar musterte.

»Wir ... wir haben Brüderschaft getrunken?«, stotterte er. Lars nickte. »Und ... und wir haben uns auch geküsst?«, fragte er dann.

»Das macht man so, wenn man Brüderschaft trinkt«, erwiderte Lars achselzuckend. Moritz atmete aus. Erst jetzt fiel ihm auf, dass er die Luft angehalten hatte. Lars hatte recht, das gehörte zum Brüderschaft trinken eben dazu. Und er war ja auch schon ordentlich betrunken gewesen. Und augenscheinlich schien das Ganze Lars nichts auszumachen.

»Guck weiter«, wies Lars ihn jetzt an. Es ging noch weiter?! Seufzend wandte Moritz sich wieder dem Handy zu. Die nächsten Bilder zeigten wieder Leute, mit denen sie in der Bar offenbar getrunken hatten. Bierflaschen und Schnapsgläser standen auf dem Tisch und alle hatten Spaß. Ein Gutes hatte die Sache ja: Die Fotos dokumentierten den Abend praktisch minutiös. So sah Moritz, dass die anderen nach und nach die Bar verlassen hatten, bis er schließlich mit Lars allein am Tisch gewesen war.

Als Moritz aufsah, stellte er fest, dass Lars ausgetrunken und den Kaffeebecher neben sich auf den Boden gestellt hatte. Er sah Moritz mit verschränkten Armen an.

»Wann sind denn die anderen abgehauen?«, fragte Moritz.

»Das muss so gegen Mitternacht gewesen sein.« antwortete Lars.

»Puh, ähm, okay. Kommt danach noch mehr?«

Lars nickte.

»Will ich das sehen?«

Lars musste grinsen. »Tja, wenn du wissen willst, was du alles nicht mehr weißt, dann ja. Ansonsten solltest du die Fotos einfach löschen.«

Jetzt hatte Lars Moritz bei seiner Neugierde gepackt. Seufzend sah er wieder auf sein Handy und scrollte durch die nächsten Fotos. Lars und er mit Bier. Lars und er mit Schnaps. Lars und er, Arm in Arm auf der Reeperbahn. Lars im Vordergrund, während er selbst im Hintergrund an einer Laterne lehnte. Lars und er, an der Hotelrezeption. Lars, mit geschlossenen Augen an der Fahrstuhlwand lehnend. Lars und er im Flur vor seinem Zimmer. Er selbst, wie er in seiner Jacke offenbar nach der Zimmerkarte suchte. Lars hatte ihm wohl das Handy abgenommen.

***

Langsam strömten sogar Erinnerungsfetzen an diese Szene wieder auf Moritz ein. Er hatte Lars irgendwie ins Hotel geschmuggelt. Dann hatte er die Karte für die Zimmertür nicht gefunden und Lars war ungeduldig geworden.

»Wo hast du die Karte denn?«, hatte er gelallt und war immer lauter geworden.

»Pssst, nich' so laut! Ich hab' sie hier … irgendwo«, hatte Moritz gemurmelt.

Doch Lars hatte nur geschnaubt, ihm sein Handy wiedergegeben und dann mit den Worten »Lass mich mal!« angefangen, in seinen Jackentaschen zu wühlen.

»Hey, ich kann das selbst!«, hatte Moritz erwidert und versucht, Lars davon abzuhalten, nun auch in seinen Hosentaschen zu suchen. Doch Lars hatte sich nicht beirren lassen.

Bei der Erinnerung daran wurde Moritz rot. Lars' Hände in seinen Hosentaschen, so nah an seinem Körper. Lars' Kopf, der schwer an seiner Brust lehnte. Auch Lars war schließlich ganz schön betrunken gewesen und hatte sich nicht mehr wirklich aufrecht halten können.

Schließlich war Lars fündig geworden und hielt triumphierend die Zimmerkarte in die Höhe. »Ta-da!«, hatte er gerufen und Moritz hatte Angst bekommen, dass jemand sich an der Rezeption über die Lautstärke beschweren könnte und sie dann richtig Ärger bekommen würden.

***

Auf dem nächsten Bild stand Lars mit dem Rücken zur Kamera und öffnete die Zimmertür. Dann scrollte Moritz durch verschwommene Fotos vom Hotelzimmer. Wie viele Bilder würden wohl noch kommen?

Nur noch eins, stellte Moritz entsetzt fest. Ihm wurde latent schlecht, seine Augen weiteten sich. Das letzte Bild war ein Selfie. Es zeigte Lars und ihn, in einer eindeutigen Pose. Lars hatte das Bild geschossen und sie beide waren eng umschlungen in einen Kuss vertieft.

»Alles okay?«, fragte Lars leise. »Bist du am Ende?«

Aber sowas von, dachte Moritz. Doch statt zu antworten oder Lars auch nur anzusehen, stand er wortlos auf und ging ins Bad. Er musste dringend allein sein und seine Gedanken sortieren.

KAPITEL 3

Verdammt. Moritz war ohne ein weiteres Wort aufgestanden und mitsamt seinem Handy im Bad verschwunden. Seufzend sah Lars ihm nach. Er konnte ihm diese Reaktion nicht einmal verübeln, immerhin schien Moritz sich wirklich nicht an die vergangene Nacht zu erinnern. Er hatte ja selbst nur noch verschwommene Erinnerungen.

Was sollte er jetzt tun? Mit zittrigen Händen fuhr Lars sich durch die Haare. Sollte er zu ihm gehen? Mit ihm reden? Ihm sagen, an was er sich erinnerte? Oder sollte er es dabei belassen und einfach schweigen? Lars' Gedanken rasten. Er hatte keine Ahnung, wie Moritz reagieren würde, wenn er gleich aus dem Bad kam. Er schien schon extrem schockiert über diesen Kuss zu sein. Obwohl er selbst sich auch nicht an viel mehr erinnerte. Aber trotzdem! Was, wenn Moritz sich irgendwann doch an die Nacht erinnerte und dann erst recht sauer war, weil er ihm verschwiegen hatte, was er wusste? Oder zumindest glaubte, zu wissen. Außerdem war Moritz nicht dumm. Ihm war unter Garantie aufgefallen, dass sie beide nackt geschlafen hatten – und er würde seine Schlüsse daraus ziehen.

Während er noch in Gedanken war, hörte er plötzlich, wie sich die Badezimmertür wieder öffnete. Dann schnelle Schritte. Langsam sah er auf und blickte direkt in Moritz' Augen. Schlammfarben, zumindest beschrieb Moritz sie immer so. Lars fand die Farbe keineswegs schlammig.

»Ist noch mehr passiert?«, fragte Moritz und klang dabei halb panisch, halb wütend. Lars konnte keinen klaren

Gedanken fassen. Moritz stand direkt vor ihm, was den Größenunterschied zwischen ihnen wesentlich extremer wirken ließ. Normalerweise merkte man die paar Zentimeter kaum, aber so musste Lars den Kopf geradezu in den Nacken legen, um Moritz überhaupt in die Augen sehen zu können.

Moritz hatte das Handy in der Hand und zeigte Lars eines der Fotos. Es war das, was sie beide zeigte, eng umschlungen, einander küssend. Beide hatten die Augen geschlossen. Lars war nicht in der Lage, auf Moritz' Frage zu antworten.

»Lars! Ist. Noch. Mehr. Passiert?!« Moritz wurde immer lauter. Beschwichtigend hob Lars die Hände. Dann öffnete er den Mund. Doch was sollte er sagen? Er zuckte die Schultern.

Moritz drehte sich auf dem Absatz um, ging drei Schritte, kam zurück, ging wieder und setzte sich schließlich wieder auf den Stuhl, von dem er vor gerade einmal fünf Minuten aufgestanden war.

»Was soll das heißen?«, blaffte er dann.

»Mensch, Moritz, beruhig' dich erst mal!«, antwortete Lars und stand nun seinerseits auf.

Moritz schnaubte verächtlich. »Lars, ich bin heute nackt und mit dem schlimmsten Kater meines Lebens aufgewacht. Und soweit ich weiß, warst du auch nackt. Erzähl' mir also nicht, dass ich mich beruhigen soll. Was ist noch passiert letzte Nacht?«

»Wir haben nicht miteinander geschlafen oder sowas, falls du das meinst«, erklärte Lars und klang dabei sehr ruhig. Den bitteren Unterton in seiner Stimme hatte Moritz hoffentlich nicht bemerkt.

»Nicht?«

Lars grinste. Er hatte das Gefühl, eine grässliche Grimasse zu ziehen. »Nein, keine Panik.« Er setzte sich wieder und fuhr fort. »Wir haben uns geküsst, ja. Und glaub mir, ich finde das genauso merkwürdig und überraschend wie du.« Er benutzte bewusst keine abwertenden Adjektive.

»Tja, und mehr weiß ich auch nicht.« Das war zwar nun doch nicht die ganze Wahrheit gewesen, aber dass Moritz versucht hatte, ihn auszuziehen, konnte er getrost unter den Tisch fallen lassen. Immerhin war ja wirklich nichts passiert. Bei der Erinnerung musste er sogar ein wenig grinsen. Es war aber auch zu lustig gewesen, wie Moritz zuerst sich ausgezogen hatte und dann versucht hatte, auch ihm die Kleider vom Leib zu reißen. Schließlich war er einfach eingeschlafen.

»Aber warum waren wir dann heute früh beide nackt? Ich meine, wir beide?!«, fragte Moritz noch einmal nach. Lars zuckte noch einmal die Schultern. »Keine Ahnung. Weil man nicht angezogen schläft?«, erwiderte er und betete, dass Moritz endlich aufhörte, nachzufragen.

Moritz seufzte. »Das stimmt wohl. Naja, wenn sonst nix weiter passiert ist.«

Lars schüttelte den Kopf und lächelte Moritz noch einmal aufmunternd an. Moritz atmete laut aus und schien nun endlich erleichtert. »Na, Gott sei Dank. Dann werd' ich jetzt mal packen und dann auschecken.«

Bei Moritz' letzten Worten war Lars das Grinsen auf dem Gesicht festgefroren. Moritz war tatsächlich erleichtert. Er maß den Küssen keinerlei Bedeutung bei, schob sie vermutlich auf den Alkohol. Und jetzt wollte er unversehens wieder nach Hause fahren. Ohne noch einmal darüber zu reden. Vermutlich wollte er das, was letzte Nacht zwischen ihnen passiert war, einfach wieder vergessen. Dieser Gedanke schmerzte Lars, auch wenn er das nie erwartet hätte.

»Soll ich dich nachher noch zum Bahnhof bringen?«, fragte Lars nach ein paar Minuten und bemühte sich um einen lässigen Tonfall. »Ich bin ja mit dem Auto hier und könnte dich eben rumfahren. Dann musst du dir kein Taxi nehmen oder deinen Koffer durch das Gedränge in der U-Bahn schleppen.«
Moritz sah von seinem halb gepackten Koffer auf und lächelte. »Klar, gerne!«
Lars nickte. Dann stand er auf und ging ins Bad. Er brauchte einen Moment Ruhe, um sich darüber klar zu werden, wie er jetzt weitermachen wollte.

Ein Vorteil war definitiv, dass Moritz so weit weg wohnte. So würden sie sich nicht besonders häufig sehen. Allerdings nahmen sie regelmäßig gemeinsam auf, wenn auch nur über Skope. Das würde möglicherweise noch zum Problem werden und zu unangenehmen Situationen führen. Und natürlich würden sie sich sehen. Auf der Spielemesse, bei Preisverleihungen oder anderen Großveranstaltungen für MyTuber. Was also tun? Normalerweise war Lars ein Vertreter der Devise, über solche Dinge zu sprechen. Aber irgendwie erschien ihm diese Option in diesem speziellen Fall nicht sonderlich verlockend. Zumal er ja selbst noch völlig überrumpelt von der Situation war.
In seiner Hosentasche vibrierte sein Handy.

Und, hast du mit ihm gesprochen?

Seine beste Freundin. Er hatte ihr geschrieben, als Moritz Kaffee holen gewesen war. Sie stellte meistens keine unangenehmen Fragen, sondern hatte eine gute Idee, einen Rat oder Hilfe parat. Lars hatte ihr kurz geschildert, was passiert war und wie er sich jetzt fühlte. Verwirrt. Auf merkwürdige Art zu Moritz hingezogen. Noch verwirrter. Unglücklich. Natürlich hatte sie ihm geraten, mit Moritz zu sprechen.

Nein. Er scheint erleichtert, dass nicht mehr war. Ich sollte es auf sich beruhen lassen …

Auf ihre Antwort musste er keine Minute warten. Und er kannte sie schon, bevor er sie gelesen hatte.

Klar, super Idee. Nicht.

Schnaubend steckte er das Handy wieder in die Hosentasche. Sie hatte leicht reden! Immerhin war er es, der in dieser unangenehmen Situation steckte! Sie hatte doch keine Ahnung, wie schwierig es war, ein so heikles Thema anzusprechen!

Das Klopfen an der Badezimmertür riss ihn aus den Gedanken. »Brauchst du noch lange? Ich würd' gern meinen Kram zusammenpacken«, fragte Moritz.

»Bin sofort soweit!«, antwortete Lars schnell. Er spritzte sich noch etwas kaltes Wasser ins Gesicht und kam dann wieder aus dem Bad.

»Sorry«, murmelte er, als er sich an Moritz vorbeischob. Er setzte sich wieder auf die Bettkante und sah sich im

Zimmer um. Moritz hatte in der Zwischenzeit seine Klamotten und die Technik in seinen Koffer gestopft.

Während Moritz jetzt im Bad war, dachte er über die letzte Nachricht nach. Sie hatte recht. Es war eine beschissene Idee, die Sache auf sich beruhen zu lassen. Sie mussten darüber reden, sonst würde er Moritz doch nie wieder in die Augen sehen können! Als Moritz schließlich aus dem Bad kam, holte Lars tief Luft.

»Du, Moritz?«, begann er, wurde jedoch sofort unterbrochen.

»Ich bin soweit, wir können!«, erklärte Moritz, schnappte sich seinen Koffer und ging zur Zimmertür. Lars nickte und folgte ihm. Er hatte später im Auto bestimmt Gelegenheit, mit Moritz zu sprechen.

***

Kaum waren sie unterwegs in Richtung Bahnhof, versuchte er es erneut. »Weißt du«, begann er.

»Warst du eigentlich gar nicht betrunken gestern?«, unterbrach Moritz ihn erneut. Lars war kurz verwirrt. »Hä? Doch. Wieso fragst du?«, erwiderte er und riskierte einen kurzen Seitenblick. Moritz knetete die Hände in seinem Schoß. »Nur so«, erklärte Moritz schulterzuckend. Lars lächelte Moritz kurz zu. Und das, obwohl ihm überhaupt nicht nach Lachen zumute war. Wie konnte er Moritz in der verbleibenden Zeit nur erklären, was los war? Er wusste es nicht.

Am Bahnhof parkte er den Wagen und begleitete Moritz in die Wandelhalle. Dort versuchte er zum dritten Mal, mit Moritz zu reden.

»Moritz, ich —« Weiter kam er nicht.

»Wollen wir noch was essen? Ich hab' totalen Kohldampf!«, unterbrach Moritz ihn. Ergeben nickte Lars. Sie gingen zu einer amerikanischen Burgerkette und bestellten Pommes und Hamburger. Während sie beim Essen saßen, wollte Lars nun endlich wirklich Tacheles reden.

»Moritz, wir müssen, also ich muss, also …« Er stockte. Jetzt, wo es wirklich zählte, wo Moritz nicht einfach abhauen konnte, wusste er nicht, wie er anfangen sollte. *Verdammte Scheiße*, dachte er.
»Musst du aufs Klo?«, missverstand Moritz sein Stottern. »Ist gleich da vorne, auf der anderen Seite der Halle«, erklärte er und deutete in die Richtung. Das wusste Lars natürlich. Und er musste ja auch gar nicht. Trotzdem legte er seinen Burger ab, nickte und stand auf. »Bin gleich wieder da«, murmelte er und verschwand zur Toilette. Irgendwie war ihm diese Ausrede regelrecht gelegen gekommen. So konnte er noch einmal durchatmen. Allein. Ohne Moritz, der die ganze Zeit vor seiner Nase saß.

Bis zur Toilette kam er allerdings gar nicht. Lars fuhr die Rolltreppe nach unten und stellte sich dann rechts neben die Treppe, sodass er vom Restaurant aus nicht zu sehen war. Er fuhr sich nervös mit den Fingern durch die Haare. »Mensch, Lars, du Vollidiot. Jetzt erklär' ihm endlich, was los ist. Sonst ist er gleich weg – und dann? Dann ärgerst du dich den ganzen Abend und wahrscheinlich noch den ganzen nächsten Monat, dass du's nicht gemacht hast. Was soll schon passieren?!«
Seine Gedanken gaben ihm die Antwort auf diese rhetorische Frage. *Er könnte mich auslachen. Mich hassen. Sich*

ekeln. Er könnte es rumerzählen. Letzteres traute er Moritz eigentlich nicht zu, aber wusste man es? Sie kannten sich doch erst ein paar Monate und hatten sich erst jetzt persönlich kennengelernt. Es konnte doch niemand ahnen, dass die Küsse so ein Gefühlschaos in Lars auslösen würden. Er selbst hatte am allerwenigsten damit gerechnet! Aber es war nun einmal, wie es war. Gegen Gefühle konnte man doch nun wirklich nichts machen.

Und was ist mit dem Altersunterschied? Ich bin 13 Jahre älter als er! Lars war sich sicher, dass Moritz damit auf jeden Fall ein Problem haben würde. »Auch darüber werdet ihr reden müssen, sonst weißt du's ja nie«, sagte er dann laut. Eine ältere Dame, die gerade vorbeiging, sah ihn misstrauisch an. Lars nickte ihr kurz freundlich zu, sie ging schnellen Schrittes weiter. Seufzend ging er wieder zurück zu Moritz und seinem ungelösten Problem.

KAPITEL 4

»Mensch, Lars! Ich wollte schon 'ne Vermisstenanzeige aufgeben!«, rief Moritz, als Lars nach einer gefühlten Ewigkeit wieder zurück an ihren Tisch kam. Zwischendurch hatte er regelrecht Panik bekommen, dass Lars einfach abgehauen sein könnte.

»Hör doch auf, zu lügen! Du hast nur überlegt, ob du meinen Burger auch noch essen sollst«, erwiderte Lars grinsend. Moritz musste lachen. »Na logo. Aber jetzt bist du ja wieder da. Ärgerlich, aber was soll man machen.«

Lars setzte sich und aß seinen Burger und die Pommes auf. Dann begleitete er Moritz noch bis zum Gleis. In zehn Minuten würde sein Zug kommen. Die Zeit war wirklich wie im Flug vergangen.

»Moritz, ich…«, setzte Lars an. Moritz drehte sich um, in der Hoffnung, dass Lars nun endlich sagen würde, was ihm offenbar schon den ganzen Tag auf der Seele brannte.

»Ja?«, fragte er, um sein Gegenüber zu ermuntern.

»Ach nichts. Komm gut nach Hause. Und melde dich, wenn du angekommen bist, ja?«

Moritz nickte und versuchte, sich die Enttäuschung nicht anmerken zu lassen. »Klar, mach ich. Komm du auch gut heim. Wir schreiben!«

Sie umarmten sich zum Abschied. Moritz sog kurz die Körperwärme und den Geruch nach Duschgel und Pommes ein. Die Umarmung endete schnell. Zu schnell. Er sah Lars noch einmal in die Augen, bevor dieser sich umdrehte und sich zügig einen Weg durch die

Menschenmengen bahnte. Schon bald hatte Moritz ihn aus den Augen verloren. Er seufzte. Was war bloß mit Lars los? Warum hatte er sich in den letzten Stunden so komisch verhalten? *Liegt es an mir? Liegt es an dem* – Moritz konnte den Gedanken nicht zu Ende denken. „Kuss", das Wort klang so absurd in diesem Zusammenhang. Moritz hatte es noch immer nicht richtig realisiert.

Er wandte sich wieder der Anzeigetafel zu, sein Zug hatte inzwischen einige Minuten Verspätung. *Na klasse*, dachte Moritz. Er ging einige Meter weiter, um nachzusehen, an welchem Gleisabschnitt sein Wagen halten würde. Er zog sein Handy hervor, auf dem er das Ticket gespeichert hatte. Wie automatisch scrollte er wieder durch die Fotos der vergangenen Nacht. *Warum hab' ich auch Schnaps getrunken?*, fragte er sich. *Ich weiß doch eigentlich, dass ich das Zeug nicht vertrage. Scheiße, ey. Es wäre nie so weit gekommen, wenn ich nicht so viel getrunken hätte! Ich sollte mich besser unter Kontrolle haben.*

Moritz war beim letzten Foto angekommen. Diesem kompromittierenden Selfie. Lars' Arm, der nicht das Handy gehalten hatte, lag um seine Schulter. Er selbst hatte die rechte Hand auf Lars' Rücken gelegt und die andere in den Haaren in Lars' Nacken vergraben. Unwillkürlich rieb er sich die Finger der linken Hand. Soweit er das erkennen konnte, hatten sie beide die Augen geschlossen. Die Situation wirkte nach wie vor surreal auf Moritz. Das lag vermutlich daran, dass er selbst sich überhaupt nicht daran erinnern konnte.

Er seufzte. Und innig, dachte er. Innig wirkt dieser Kuss auch. *Wer von uns hat wohl damit angefangen? Scheiße, hab ich wohl angefangen? Wäre mir durchaus zuzutrauen, so betrunken, wie ich war … Oh fuck, und wie betrunken ich war! Ob die Geschichte so stimmt? Aber warum sollte Lars lügen?* Moritz' Gedanken drehten sich im Kreis. Was war heute mit Lars los gewesen?

Gut, ich hab' ihm jetzt nicht unbedingt eine große Chance gegeben, sich zu erklären, rügte Moritz sich. *Ich hoffe, er hat nicht gemerkt, dass ich Schiss hatte. Naja, vielleicht verläuft sich das Thema ja im Sande. Am liebsten würde ich die Sache einfach vergessen. Wenn er wüsste … ich könnte ihm doch nie wieder unter die Augen treten!*

»Hallo, können Sie mal aus dem Weg gehen?!«, riss ihn eine barsche Männerstimme aus den Gedanken. Moritz sah auf. Hinter ihm standen einige Anzugträger, die auch auf den Wagenstandanzeiger schauen wollten. Schnell nahm er seinen Koffer und machte ihnen Platz. Dann sah er wieder auf sein Handy.

Okay, es war wirklich nicht besonders cool, wie ich ihn heute Morgen hab' sitzen lassen. Einfach abhauen … scheiße, ey. Aber als ich die Fotos gesehen hab'… was hätte ich denn sagen sollen? »It's just a prank! Ha Ha, no homo und so!« oder was? Das klingt ja schon gedacht komplett bescheuert. Aber was stattdessen? »Oh Shit, mit sowas hab' ich fast gerechnet. Deswegen wollte ich nicht mitkommen auf den Kiez.« Er lachte kurz und trocken auf. Wenn er das zugab, würde er es wahrscheinlich nicht besser, sondern eher noch schlimmer machen. Lars würde Fragen haben, und er hatte keine Ahnung, wie er die beantworten sollte.

Wieder ging er ein paar Schritte weiter, um nicht im Weg zu stehen. Dann versank er erneut in Gedanken.

Und wie soll's in Zukunft weitergehen? Ich will unser gemeinsames Projekt nicht aufgeben! Aber können wir einfach normal weitermachen, als wär' nix gewesen? Ohne vorher darüber zu reden? Die besten Freundschaften zerbrechen wegen so 'ner Scheiße. Wieder sah er die Fotos an. Sein Magen verkrampfte sich, aber nicht auf die unangenehme Art.

»Scheiße, bin ich etwa verknallt?«, fragte er sich laut.

»Keine Ahnung, aber willst du vielleicht einsteigen?«, erwiderte eine ihm unbekannte, weibliche Stimme. Sie klang ungeduldig und gleichzeitig belustigt. Erschrocken sah Moritz auf. Sein Zug war eingefahren, vor ihm stand die Zugbegleiterin und lächelte ihn freundlich an. Sie war nur wenige Jahre älter als er, wahrscheinlich war sie attraktiv. Moritz achtete kaum darauf, während er verwirrt zwischen ihr und dem Zug hin und herschaute.

»Hallo? Möchtest du einsteigen? Wir fahren in 30 Sekunden ab!«, erklärte sie und wedelte mit einer Hand vor seinem Gesicht.

»Äh, ja, klar«, murmelte er, wuchtete seinen Koffer die Stufen hoch und stieg in den Zug. Sie stieg hinter ihm ein und schloss die Tür. Immer noch verwirrt sah Moritz sich um. Er hatte keine Ahnung, in welchem Waggon er sich befand.

»Entschuldigung?«, fragte er und drehte sich gleichzeitig zur Zugbegleiterin um.

»Ja?«, fragte sie und schenkte ihm ein breites Lächeln.

»In welchem Waggon bin ich?«

Sie lachte kurz auf. Es war ein helles Lachen, aber es klang nicht überheblich, eher ehrlich belustigt.

»22. Welchen Wagen hast du denn gebucht?«

Kurz wunderte Moritz sich, dass sie ihn duzte, dann sah er auf sein Handy. Das Foto war nach wie vor geöffnet. Er schüttelte kurz den Kopf, um die Gedanken an Lars zu verscheuchen, und öffnete dann sein Ticket.

»23«, antwortete er heiser. Er räusperte sich und sah die Zugbegleiterin wieder an.

»Super, der ist direkt hier hinter der Tür. Soll ich dich noch zu deinem Platz bringen?«

Er schüttelte den Kopf, murmelte »danke« und ging dann an ihr vorbei einen Waggon weiter.

KAPITEL 5

Scheiße, scheiße, scheiße. Alter, du bist so feige! Warum hast du's nicht einfach gesagt? »Moritz, pass auf. Der Kuss war toll, zumindest für mich. Wie siehst du das?« *Was hätte schlimmstenfalls passieren können? Du hättest gewusst, woran du bist. Stattdessen hältst du schön die Klappe und haust ab. Früher warst du nie so feige!*

Lars schnaubte. Klar, früher. Da waren es immer Mädels gewesen. Mädels, die auf Männer standen. So wie er auf die Mädels gestanden hatte. Also ganz entspannt. Nichts Ungewöhnliches. *Da war es kein Kumpel, der selbst, genau wie du, immer davon ausgegangen ist, hetero zu sein. Da kannst du gleich auf den höchsten Kirchturm kraxeln und dich runterstürzen, bevor du ihm sagst, dass dir der Kuss was bedeutet!*

Lars' Gedanken drehten sich im Kreis. Seit einer guten halben Stunde war er jetzt auf dem Heimweg – Stau auf der Landstraße. Das hieß, er hatte mehr als genug Zeit, um nachzudenken. Noch lag einiges an Strecke vor ihm. Sein Telefon klingelte.

»Hallo?«, meldete er sich über die Freisprecheinrichtung, ängstlich, ob Moritz dran wäre.

»Hi. Hast du mit ihm geredet?« Es war nicht Moritz, sondern Sandra, seine beste Freundin.

»Nein«, knurrte er.

»Feige Sau. Warum nicht?«

Er schnaubte. »Was soll ich denn sagen? Hey Moritz, pass auf. Der Kuss war toll, zumindest für mich. Oder was?«, wiederholte er die Formulierung, die er auch schon in Gedanken benutzt hatte.

»Zum Beispiel«, erwiderte sie.

»Niemals!«

»Warum nicht? Was soll schlimmstenfalls passieren?«

»Er könnte sich ekeln. Er könnte es rumerzählen. Die olle Drecksau steht auf Jungs.« Lars ließ alle schlimmen Gedankenspiele raus, die er bereits durchhatte.

»Aber volljährig ist er schon, ja?«

»Klar, 21. Aber das sind immer noch 13 Jahre!«

»Pfft«, schnaubte sie am anderen Ende der Leitung. »Stell dich nicht so an. Rede mit ihm. Mach dich nicht unglücklich! Wenn ihr wirklich so gute Freunde seid, dann wird er dich schon nicht hassen. Und rumerzählen wird er es auch nicht. Er steht genauso in der Öffentlichkeit wie du. Ich kann dir auch nicht sagen, was passieren wird. Aber du weißt hinterher immerhin, woran du bist.«

Lars seufzte. »Du hast ja recht. Aber du weißt so gut wie ich, dass das nicht mal so eben geht. Ich schreib' ihm gleich eine Nachricht. Die liest er dann und kann in Ruhe darauf reagieren. Ich melde mich später nochmal, ich bin noch auf dem Heimweg.«

»Alles klar, bis später!« Sie legte auf.

Sie hat wirklich recht. Schreib' ihm, sobald du zu Hause bist. Ganz ließen ihn die Gedanken aber dennoch nicht los. Noch im Stau diktierte er seinem Handy mögliche Nachrichten.

»Hey Moritz. Ich hoffe, du bist gut angekommen. Du, ich würd' gern nochmal über das von letzter Nacht sprechen, du weißt schon, der Kuss —« Er brach ab. »Löschen.«

»Hey Moritz! Na, gut zu Hause angekommen? Du, wegen dem, was gestern Nacht passiert ist. Also, für mich war das schon was Besonderes. Nee, das ist doch Bullshit.

Löschen!«, befahl er der Sprachaufzeichnung. Er hatte keine Ahnung, wie er seine Gedanken formulieren sollte.

Meine Güte, was soll denn das? Du bist doch sonst nicht so wortkarg. Bist du jetzt nicht mal mehr in der Lage, 'ne einfache Nachricht zu schreiben? So schwierig ist das nun auch nicht. Sag doch einfach, wie es ist, herrgottnocheins! Und hör endlich auf, so feige zu sein! Seine Gedanken waren so klar. Und doch bekam er kaum ein gerades Wort heraus.

Endlich kam er zu Hause an. Er parkte den Wagen und ging in seine Wohnung. Nachdem er sich eine Flasche Wasser aus dem Kühlschrank geholt hatte, setzte er sich, um endlich diese vermaledeite Nachricht loszuwerden. Er brauchte noch einige Versuche, bevor er sich schließlich dazu entschied, eine Sprachnachricht zu verfassen. So würde er einfach erzählen, was los war. Das würde es für ihn zwar nicht per se einfacher machen, aber er müsste sich nicht ewig mit Formulierungen herumschlagen.
Schnell trank Lars noch einen Schluck, bevor er den Finger auf das Symbol für Sprachnachrichten legte.

KAPITEL 6

Einige Minuten, nachdem Moritz sich hingesetzt hatte, erschien die freundliche Zugbegleiterin an seinem Platz.

»Na, hast du dich zurechtgefunden?«, fragte sie und lächelte wieder breit. Moritz nickte.

»Danke, ja.«

»Super, das freut mich. Dann muss ich nur noch kurz dein Ticket kontrollieren, bitte.«

Wortlos reichte er ihr sein Handy, das er nach wie vor in der Hand hielt. Sie brauchte einen langen Moment, um sein Ticket zu scannen, dann gab sie ihm das Handy wieder.

»Danke schön! Ich wünsche dir eine angenehme Fahrt«, sagte sie. Er sah auf, sie lächelte schon wieder. Warum lächelte diese Frau immer?

»Danke«, sagte er noch einmal höflich. Er hoffte, dass sie ihm nicht übel nahm, wie wortkarg er war. Sie zwinkerte ihm noch einmal zu, dann ging sie weiter.

Moritz lehnte sich zurück und atmete, gefühlt zum ersten Mal an diesem Tag, wirklich durch. In drei Stunden wäre er zu Hause, würde nochmal duschen und dann den Schlaf von letzter Nacht nachholen. Darauf freute er sich schon. Er kramte in seiner Jackentasche nach den Kopfhörern seines Handys und stöpselte sie ein. Etwas Musik würde ihn sicher ablenken. Dachte er.

Er drehte die Rockmusik extra laut auf, doch seine Gedanken gaben keine Ruhe.

Mein Verhalten war echt total für den Arsch. Ich hätte mit ihm reden sollen. Ihm erklären sollen, dass ich im Suff die Kontrolle verloren habe. Dass das absolut nicht cool war. Dass es okay ist, wenn er keinen Kontakt mehr will. Er schüttelte den Kopf. Keinen Kontakt mehr zu Lars? Würde er das aushalten? Er war sich nicht sicher.

Plötzlich vibrierte sein Handy. Eine Nachricht, von seiner Mutter.

Wann kommst du an? Soll ich dich abholen?

Er dachte kurz über die Nachricht nach. Dann entschied er, lieber ein Taxi zu nehmen oder den Bus. Er wollte dringend Ruhe für sich haben.

In etwa drei Stunden. Musst du nicht, danke. Echt nicht!! Wir sehen uns zu Hause.

Bist du sicher?

Es rührte ihn, wie besorgt seine Mutter war. Obwohl er dem ja eigentlich schon zuvorgekommen war. Er wollte wirklich allein sein.

Ja, schrieb er.

Dann widmete er sich wieder der Musik in seinen Ohren und den Gedanken in seinem Kopf. Er hatte keine Ahnung, was mit ihm los war. Fühlte er etwas für Lars? Etwas, das über Freundschaft hinausging? Okay, Lars hatte ihn schon in der Vergangenheit oft verlegen gemacht – aber das rechtfertigte doch noch lange keinen Kuss!

Moritz steckte das Handy ein und blickte aus dem Zugfenster. Es wurde langsam dunkel, sodass er draußen nicht mehr viel erkennen konnte. Seinen Grübeleien half das nicht, weil er so nichts hatte, das ihn ablenkte.

Einerseits hatte er wahnsinnige Angst vor einem möglichen Gespräch mit Lars. Andererseits hoffte er, danach da weitermachen zu können, wo sie vor dem Alkohol und dem Kuss aufgehört hatten.

Aber können wir das? Einfach wieder Freunde sein? Kann er das? Oder wird er immer denken, dass ich was von ihm will, dass jeder Kommentar, jeder Blick mehr meint? Können wir ganz normal miteinander umgehen? Langsam ergriff die Angst in Moritz die Oberhand. *Er ist hetero. Im besten Fall wird er Verständnis zeigen und weiterhin Videos mit mir aufnehmen. Im schlimmsten Fall wird er sich vor mir ekeln und Gott weiß was denken.* Er seufzte.

Plötzlich spürte er eine Hand auf seiner Schulter. Erschrocken zog er den Kopfhörer aus dem Ohr und sah auf. Die Zugbegleiterin war wieder da.

»Hey, ist alles okay?«, fragte sie mit Besorgnis in der Stimme.

»Äh, klar, wieso?«

»Weil du ganz schön blass bist. Hier, ich hab' dir ein Wasser geholt«, erklärte sie und hielt ihm eine Glasflasche unter die Nase.

»Danke«, sagte er verlegen und nahm die Flasche. Noch während er sie aufschraubte, spürte Moritz, wie ihm die Wärme über die Wangen kroch. *Jetzt bin ich bestimmt nicht mehr blass*, dachte er bei sich. Nachdem er einen Schluck getrunken hatte, sah er zu ihr auf. Sie lächelte.

»Schon besser!«, stellte sie triumphierend fest. »Gern geschehen.«

Er hatte keine Lust, ihr zu erklären, dass seine Gesichtsfarbe nichts mit ihrem Wasser zu tun hatte, deshalb bedankte er sich einfach nochmal. Sie musste mittlerweile denken, dass er nichts anderes konnte als „Danke".

»Falls was ist, sag bitte Bescheid. Ich bin am Ende dieses Wagens im Zugbegleiter-Abteil. Okay?«, fragte sie und klang nun wieder besorgt. Moritz nickte.

»Mach ich. Und danke nochmal.«

Nun war es an ihr, zu nicken.

Plötzlich vibrierte Moritz' Handy erneut. *Boah Mama! Ist gut jetzt!*, murrte er in Gedanken, während er das Handy hervorzog und entsperrte. Doch die Nachricht war nicht von seiner Mutter. Sie war von –

»Lars?!«, stieß er überrascht hervor. »Hast du was gesagt?«, fragte die Zugbegleiterin, die bereits an der Tür angekommen war. Geistesabwesend schüttelte er den Kopf. Er hatte wichtigeres zu tun, als mit ihr zu quatschen. Was wollte Lars bloß? Zögerlich öffnete Moritz das Chat-Fenster. Lars hatte eine Sprachnachricht geschickt. Drei Minuten. Moritz schluckte. Was sollte das denn jetzt? Er war sich nicht sicher, ob er das wirklich hören wollte. Da sich die Frage nach dem Inhalt aber nicht anders beantworten ließ, nahm er die Kopfhörer und setzte sie wieder auf. Erst dann drückte er auf „Play".

»Hey Moritz, Lars hier. Folgendes ...« Einige Sekunden Stille folgten, während Moritz nur den Atem von Lars hören konnte. Er sah auf sein Handy, die Sekunden verrannen. Lars schien nach Worten gerungen zu haben.

»... diese Sache gestern. Also das, was im Hotelzimmer war. Na, du weißt ja, was ich meine. Jedenfalls ...« Lars schien wirklich Probleme zu haben, in Worte zu fassen, was er sagen wollte. Das war Moritz gar nicht gewöhnt! Normalerweise war Lars nie um Worte verlegen, hatte auf alles eine Antwort oder einen lockeren Spruch parat. Hätten sie telefoniert, hätte Moritz ihn wahrscheinlich längst unterbrochen und gefragt, was Lars ihm eigentlich sagen wollte. Obwohl, vielleicht auch nicht, nach allem, was war ... Auf jeden Fall hörte er nun gebannt zu.

»... naja, ich wollte da eigentlich den ganzen Tag schon mit dir drüber reden. Das war ja so alles gar nicht geplant ... Aber. Ach, scheiße. Moritz, diese Küsse ... die kamen doch nicht aus dem Nichts!«

Moritz schloss die Augen, um sich ganz auf das konzentrieren zu können, was Lars sagte. Fast hatte er das Bedürfnis, sich die Hände auf die Ohren zu pressen, um nichts außer Lars' Stimme zu hören.

»Ich meine ... also ... puh ... das ist echt schwer. Moritz, irgendwas haben diese Küsse mit mir gemacht. Ich weiß nicht, was, keine Ahnung, ich meine, bisher hab' ich nie ... also ... bisher hab' ich immer nur Frauen geküsst. Aber gestern Nacht ... das war irgendwie anders. Das war ... was Besonderes. Glaub ich. Keine Ahnung. Jedenfalls, ich kann verstehen, wenn du das irgendwie ... eklig findest oder so ...«

Moritz seufzte. Eklig. Diese Reaktion hatte eigentlich er von Lars erwartet. Aber doch nicht umgekehrt!

»Aber ich musste es dir sagen. Ich hab's ja schon den ganzen Tag über versucht, aber irgendwie hast du mich immer unterbrochen und dann konnt' ich's irgendwie auch nicht mehr … Also, was ich dir sagen will … Ich fand' die Küsse schön und mir sind sie nicht egal.« Wieder zögerte Lars. »Es wäre nett, wenn du dich kurz melden würdest, wenn du zu Hause bist. Bis dann!«

Moritz sah auf sein Handy. Die Nachricht war zu Ende. Langsam zog Moritz die Kopfhörer aus den Ohren. Nun hatte er endgültig ein schlechtes Gewissen Lars gegenüber. Ständig hatte er ihn unterbrochen und abgeblockt, als er versuchte, mit ihm zu reden. *Scheiße! Hätte ich ihn nur einmal ausreden lassen, hätten wir das Dilemma jetzt nicht!* Am liebsten hätte Moritz sich mit der flachen Hand vor die Stirn geschlagen, doch das hätte in diesem Zug wahrscheinlich nur noch mehr Aufmerksamkeit auf sich gezogen. Außerdem war es eh nicht mehr zu ändern.

Noch einmal öffnete Moritz den Foto-Ordner. Er sah sich die Bilder mit Lars an, klickte sich durch die Galerie. Bei dem Kuss-Foto blieb er hängen. Er sah es ganz genau an und musste allmählich grinsen. Lars hatte recht, es waren wirklich irgendwie besondere Küsse gewesen. Aber was bedeutete das nun?

KAPITEL 7

»Na, hast du ihm geschrieben?«

Lars seufzte. Pflichtbewusst hatte er Sandra angerufen, nachdem er die Sprachnachricht abgeschickt hatte, und sofort wollte sie natürlich alle Details wissen.

»Ja. Also nein.«

»Was denn jetzt?«

»Ich hab' ihm 'ne Sprachnachricht geschickt.«

Jetzt war es Sandra, die seufzte.

»Und?«

»Ja, nix. Ich hab' sie grad erst abgeschickt. Mal gucken, wann er reagiert. Vielleicht will ich's auch gar nicht wissen.«

»Nu hör mal auf mit dem Quatsch. Früher hast du mir immer erzählt, dass man zu seinen Gefühlen stehen soll! Und jetzt fängst du selber so an!« Ihre Stimme klang weniger vorwurfsvoll als es der Inhalt ihrer Worte vermuten ließ.

Seufzend ließ Lars sich nach hinten in die Polster seiner Couch sinken. »Ich weiß. Du hast ja recht. Aber mir war nicht klar, wie beschissen schwer das ist!«

Sandra lachte laut auf. »Jetzt klingst du wie ein bockiges Kleinkind, mein Freund.«

Er wusste, dass sie schon wieder recht hatte. »Du weißt, dass das stimmt«, sagte sie deshalb auch, noch bevor er etwas erwidern konnte. Weil er nicht antwortete, lachte sie schon wieder auf.

»Nu mach dich mal nicht verrückt. Magst du morgen zum Frühstück vorbeikommen und wir schnacken ein bisschen?«

»Ich muss arbeiten«, grummelte er.

»Okay, dann Mittagessen. Pizza?«

Er nickte, bis ihm nach zwei Sekunden auffiel, dass sie das ja nicht sehen konnte.

»Nickst du?«, fragte sie prompt. Sie kannte ihn definitiv zu lange.

»Ja«, antwortete er.

»Gut. Um eins?«

»Alles klar. Grüß den Männe. Bis morgen!«

»Bis morgen!«

Er legte auf und starrte das Handy einige Sekunden an. Moritz hatte seine Nachricht bekommen und abgehört. Sofort lief es ihm kalt den Rücken runter. Er warf das Handy neben sich in die Polster und trank mit einem großen Schluck sein Bier aus.

Scheißdreck, was, wenn er antwortet? Und was, wenn nicht? Warum hast du diese Nachricht überhaupt abgeschickt, du Idiot?!

Wütend stand er auf und brachte die leere Flasche in die Küche. Als er zurück ins Wohnzimmer kam, hörte er, wie sein Handy laut gegen die Kissen vibrierte. Sofort wurde ihm heiß und kalt gleichzeitig. War das Moritz? Hatte er schon geantwortet?

Langsam griff er nach dem Telefon, atmete ein letztes Mal tief durch und sah dann aufs Display.

Ab ins Bett!! Sandra.

Lars schnaubte. War ihr eigentlich klar, was für einen Schrecken sie ihm eingejagt hatte?! Er antwortete nicht, folgte aber trotzdem ihrem Rat und ging ins Schlafzimmer.

***

Am nächsten Tag fuhr Lars nach der Arbeit direkt in seine und Sandras Lieblingspizzeria. Sie war ohne ihren Mann gekommen.

»Hey, wo hast du deine bessere Hälfte gelassen?«, fragte er, während er sie zur Begrüßung umarmte.

»Ich bin doch hier!«, scherzte sie und versuchte, glaubhaft entrüstet zu klingen.

»Haha«, würdigte er den Scherz mit einem gekünstelten Lachen.

»Der ist arbeiten. Wie geht's dir?«

Mit seiner Antwort wartete er, bis sie sich hingesetzt hatten.

»Es geht. Ich hab' die Nacht kaum geschlafen.«

Sie nickte verständnisvoll. »Gedankenkarussell?«

»Erfasst«, sagte er.

Der Kellner kam und nahm ihre Bestellung auf, dann erzählte Lars weiter.

»Heute Morgen hatte ich noch keine Nachricht von ihm. Obwohl ich gesagt hab', dass er sich melden soll.« Lars seufzte. Dass Moritz sich nicht gemeldet hatte, versetzte ihm tatsächlich einen Stich.

»Vielleicht braucht er einfach Zeit?«, fragte Sandra und strich ihm tröstend über den Arm.

Wahrscheinlich hatte sie mal wieder recht. Aber trotzdem hätte er gerne gewusst, dass Moritz gut zu Hause angekommen war. *Was, wenn ihm was passiert ist?*, schlich sich plötzlich ein schrecklicher Gedanke in seinen Kopf. Sandra verstand den veränderten Gesichtsausdruck und murmelte leise beruhigende Worte.

»Hey, es geht ihm gut. Er muss einfach nur verarbeiten, was da zwischen euch passiert ist. Das geht nicht in ein paar Stunden. Es ist ihm nichts zugestoßen. Keine Sorge. Er wird sich schon noch melden!«

»Wir haben nicht mal ausgemacht, wann wir wieder zusammen aufnehmen wollen«, murmelte Lars jetzt. Er klang traurig und so fühlte er sich auch.

»Vielleicht sind ein paar Tage Funkstille auch ganz gut?«, erwiderte Sandra. Er sah sie stirnrunzelnd an. *Warum das denn?* Er stellte die Frage nicht laut, doch sie verstand ihn auch so.

»Damit ihr Zeit habt, runterzukommen. Ihr beide. Erstmal wieder ein bisschen Normalität reinzukriegen. Darüber nachzudenken, was ihr wollt. Was ihr fühlt. Einfach etwas Abstand gewinnen.«

»Ich will aber keinen Abstand«, jammerte er und klang schon wieder wie ein trotziges Kind. Es nervte ihn, aber er konnte momentan einfach nicht anders.

»Ich weiß«, flüsterte Sandra.

KAPITEL 8

Die ersten zwei Tage zu Hause waren wie in Trance an Moritz vorbeigezogen. Er konnte im Nachhinein weder sagen, was er in der Uni hätte lernen sollen, noch, worüber er in seinen MyTube-Videos geredet hatte. Selbst seine Eltern merkten, dass etwas nicht stimmte.

»Himmel, Moritz, was ist denn los?«, polterte sein Vater am Mittwochabend beim Essen. Verwirrt sah Moritz von seinem Teller auf.

»Seit Tagen redest du kaum und isst wie ein Spatz. Irgendwas stimmt doch nicht!« Sein Vater hatte sich fast in Rage geredet.

Moritz zuckte die Achseln. »Alles okay«, murmelte er, obwohl das definitiv gelogen war.

»Hör auf, mich anzulügen, junger Mann!«

»Jürgen, jetzt lass ihn doch. Schatz, wirst du krank?«, schaltete sich seine Mutter ein.

Er schüttelte den Kopf. »Nein«, murmelte er. »Hab' nur ein bisschen viel um die Ohren. Uni und so.« Seine Mutter nickte verständnisvoll, doch sein Vater schien nicht überzeugt.

»Das sind doch wohl nicht diese Videos, an denen du dich so kaputt arbeitest?«, fragte er argwöhnisch, wenngleich endlich etwas ruhiger. Moritz schüttelte den Kopf. »Nee, Uni«, wiederholte er seine Universal-Ausrede.

»Na gut.« Mit diesen Worten ließ sein Vater das Thema endlich fallen.

Nach dem Essen verschanzte Moritz sich, wie auch schon an den vorherigen Abenden, in seinem Zimmer. Es war zu einem Ritual geworden, dass er sich die gemeinsamen Fotos mit Lars ansah und sich dessen Sprachnachricht wieder und wieder anhörte. Mittlerweile konnte er Lars' Monolog praktisch mitsprechen. Nur schlauer war er noch nicht.

Tag für Tag grübelte er darüber, was er nun wollte. Was dieser Kuss für ihn bedeutete. Wohin das führen würde. Er saß auf seinem Bett und betrachtete das Foto auf seinem Handy. Dieses innige Bild, auf dem er und Lars sich küssten. Ein Kuss, an den er sich noch nicht mal erinnern konnte. Und trotzdem zog sich sein Magen jedes Mal zusammen, wenn er das Foto ansah. *„Bauchkribbeln" würde man das wohl nennen*, dachte er. Mittlerweile fand er das Gefühl sehr angenehm, er freute sich regelrecht darauf, sich das Foto immer wieder anzusehen.

Wie kann das sein, dass ich so verwirrt bin? Ich bin doch hetero, dachte Moritz, während er weiterhin das Foto auf seinem Handy anstarrte. *Oder?*
So wirklich sicher war er sich dessen seit dem Wochenende nicht mehr. Wieso hätten sie sich geküsst, wenn da nichts wäre? Diese Frage stellte er sich seit Sonntag. Nur schlauer wurde er dadurch nicht.

***

»Ey, hallo, hörst du mir überhaupt zu?« Die Hand seines Kumpels wedelte vor Moritz' Gesicht herum.

»Sorry, war grad in Gedanken. Was hast du gesagt?«, fragte Moritz und sah sein Gegenüber schuldbewusst an. Tim schnaubte verächtlich.

»Hat man gemerkt. Ich sagte, dass die Kleine da drüben die ganze Zeit zu uns rüber sieht. Und dass sie ziemlich heiß ist«, wiederholte Tim und wirkte genervt. Er deutete in eine Richtung, die vage hinter Moritz' rechter Schulter lag. Widerwillig drehte er sich um und sah zu der jungen Frau herüber. Sie saß an einem Tisch am anderen Ende des Saals und las. Kein Wunder, immerhin waren sie zum Lernen in der Bib ihrer Uni. Wie jeden Donnerstag.

»Aha«, antwortete Moritz und drehte sich zu Tim zurück.

»Aha? Das ist alles?! Du hast sie dir nicht mal richtig angesehen!«

Noch einmal drehte Moritz sich um und sah sich die Frau genauer an. Sie hatte blonde Locken, die ihr immer wieder ins Gesicht fielen. Viel mehr konnte er auf die Entfernung nicht erkennen. Sie war wohl relativ schlank und trug ein gestreiftes Kleid. Noch während Moritz sie musterte, hob sich ihr Blick und sie sah ihn direkt an. Ehe er verschämt weggucken konnte, lächelte sie breit und winkte flüchtig. Dann wandte sie sich wieder ihrem Buch zu.

»Siehst du! Die flirtet mit dir!«, erklärte Tim eine Spur zu laut und schlug ihm stolz auf die Schulter. Moritz zuckte die Achseln.

»Was denn? Findest du sie nicht heiß?«

»Hä? Nö... keine Ahnung«, antwortete Moritz.

»Sag mal, was stimmt mit dir eigentlich nicht?«

Wieder zuckte Moritz nur mit den Schultern. Er hatte keine Lust, Tim von seinem Gefühlschaos zu erzählen.

»Ich bin einfach nicht zum Flirten hier, sondern zum Lernen«, ließ sich Moritz jetzt doch zu einer Antwort herab. Tim schnaubte.

»Man kann ja wohl das Eine mit dem Anderen verbinden!«

Langsam war Moritz genervt. Er wollte wirklich lernen und sich nicht ausgerechnet von Tim über Flirt- und Liebesdinge belehren lassen.

»Irgendwas stimmt nicht mit dir.« Es war keine Frage, eher eine Feststellung.

»Unsinn«, schnaubte Moritz und schüttelte den Kopf.

»Doch. Aber ich weiß nicht was.« Tim schien zu überlegen. »Jetzt weiß ich's! Du bist verliebt!«

Noch ehe Moritz alles abstreiten konnte, merkte er, wie ihm die Röte in die Wangen kroch.

»Du brauchst gar nicht versuchen, zu lügen, mein Freund. Deine roten Backen verraten dich sowieso! Also, kenn ich sie?«

Moritz schüttelte nur stumm den Kopf. Den Blick hatte er auf das Buch gesenkt, das aufgeschlagen vor ihm lag.

»Hast du ein Foto?« Tim ließ nicht locker.

Wieder Kopfschütteln.

»Auch nicht? Ach, komm schon, irgendwas musst du doch haben! Wie sieht sie aus?«

Beim „sie" zuckte Moritz unwillkürlich zusammen.

»Können wir über was anderes reden?«, bat er und sah Tim endlich an.

»Hä, warum denn? Komm schon, du weißt, dass ich neugierig bin!«

Moritz seufzte. Ja, er wusste, dass Tim neugierig war. Aber er hatte keine Ahnung, wie sein Kumpel auf seine Neuigkeiten reagieren würde.

»Weil ich da jetzt einfach nicht drüber reden will. Das ist an der Front alles nicht so einfach, okay?« Er klang barscher als beabsichtigt. Tim zuckte fast zurück. »Ja, äh, klar. Logo. Sorry«, murmelte er, dann wandten sie sich beide wieder ihren Büchern zu.

***

Am Abend war Moritz allein zu Hause. Er dachte über das Gespräch mit Tim nach. Warum war er sofort rot geworden, als Tim das Wort „verliebt" benutzt hatte? War er es etwa? Also, verliebt? In Lars? War es das, was er fühlte?

Die junge Frau in der Bib hatte ihn überhaupt nicht interessiert, genauso wenig wie die Zugbegleiterin auf seiner Heimfahrt am Sonntag. War das ein Zeichen?

Moritz ging zum Spiegel an seinem Kleiderschrank. Er dachte an Lars und wieder schoss das Blut in sein Gesicht. Das war ihm auch früher – vor dem Kuss – schon passiert. Er hatte es als Nervosität abgetan, weil sie sich ja noch nie persönlich getroffen hatten. War es vielleicht doch mehr? Er nahm sein Handy und besah sich das Kuss-Foto. Sofort spürte er das bekannte Kribbeln in der Magengegend. Er dachte an die letzten Wochen zurück und wie er auf Lars immer und immer wieder reagiert hatte.

»Moritz Maidorn, du bist bis über beide Ohren in deinen Kumpel verknallt.« Da war es. Er hatte es laut ausgesprochen. Doch wohin sollte das jetzt führen?

KAPITEL 9

Lars war nicht richtig bei der Sache. Er war zum Spieleabend bei seiner Schwester Anne eingeladen, doch bekam kaum etwas vom Monopoly mit.

»Onkel Laaars! Du bist dran!«, rief sein kleiner Neffe und stieß ihn an. Lars blinzelte.

»Du hast recht. Sorry«, erwiderte Lars, nahm die Würfel und würfelte.

»Sag mal, was ist denn los?«, fragte Anne und reichte ihm ein Glas Wasser. Lars zuckte die Achseln.

»Keine Ahnung.« Er ruckte mit dem Kopf in Felix' Richtung. Vor seinem siebenjährigen Neffen wollte er das Thema nun wirklich nicht besprechen. Anne nickte, sie hatte ihn verstanden.

»Kleiner Mann, du musst bald ins Bett«, erklärte Anne einige Züge später.

»Och nöööö! Mama, darf ich nicht noch aufbleiben?« Felix setzte seinen besten Hundeblick auf. Lars war fast beeindruckt, doch Felix' Mutter blieb hart.

»Keine Chance. Es ist Donnerstag, morgen ist Schule. Zähne putzen und ab!«

»Och manno!«, murrte Felix, erhob sich dennoch pflichtbewusst und ging ins Bad.

»Soll ich dich ins Bett bringen?«, rief Lars dem Kleinen nach.

»Jaaaa!«, jubelte er und sprang, die Zahnbürste schon im Mund, zurück ins Wohnzimmer.

»Alles klar, ihr zwei. Ich räume dann hier solange auf.«
Anne stand auf und begann, das Spiel einzupacken.

Lars brachte Felix ins Bett, las ihm eine Geschichte vor und kam dann zurück. Anne erwartete ihn bereits. Breit grinsend saß sie auf der Couch, die Arme verschränkt.
»Also, was ist los? Die Sache mit Moritz?«
Lars nickte. Sie hatten vor zwei Tagen telefoniert und er hatte die ganze Geschichte schon kurz angerissen.
»Ich kann einfach nicht aufhören, an ihn zu denken.«
»Du bist verliebt!«, triumphierte sie grinsend.
Lars merkte, wie er knallrot wurde. »Nach einem Kuss? Ist das nicht ein bisschen früh?«
Anne schnaubte. »Ein Kuss, den du echt schön fandest. Der dir was bedeutet. Der dich absolut nicht kalt gelassen hat. Mit einem Kumpel, den du schon lange kennst. Ich glaube, es ist nie zu früh, um sich zu verlieben!«
»Sagte meine alleinerziehende Schwester.«
Anne verdrehte die Augen. »Nur weil mein Ex ein Idiot ist. Und ist Felix nicht trotzdem das Beste, was mir passieren konnte?«
Lars nickte. Natürlich war sein Neffe absolut perfekt.
»Siehst du.« Anne sah sich bestätigt. »Und jetzt kannst du seit vier Tagen nicht aufhören, an Moritz zu denken. Das ist doch eindeutig!«
»Wirklich?«
»Was sagt denn Sandra dazu?«, beantwortete Anne seine unsichere Frage mit einer Gegenfrage. Seine Schwester und seine beste Freundin kannten und mochten sich schon lange.
»Sie sagt, dass ich ein bisschen abwarten soll. Runterkommen. Rausfinden, was ich will.«

»Und, was willst du?«

Er zuckte die Achseln.

»Ich sag dir, was du willst. Oder viel mehr, wen: Moritz.«

Lars rieb sich mit den Händen das Gesicht. Aus irgendeinem Grund wollte er Moritz nicht wollen. Es erschien ihm alles so kompliziert.

»Nicht?«, fragte seine Schwester und sah ihn argwöhnisch an.

»Doch«, flüsterte er. »Aber es ist so verdammt kompliziert!«

»Warum das denn?«, wollte sie wissen.

»Die Entfernung, der Altersunterschied. Von der Tatsache, dass wir zwei Männer sind, mal ganz zu schweigen.«

Anne schnaubte verächtlich. »Nu aber mal ganz langsam, mein Freund«, erklärte sie mit harter Stimme. Er sah sie an. Sie lächelte zwar, packte jetzt aber auch wirklich die große Schwester aus.

»Erstens, er wohnt wo? Im Ruhrgebiet?« Lars nickte. »Das sind rund 300 Kilometer. Nichts, was nicht mit einer kurzen Zug- oder Autofahrt zu überwinden wäre. So, zweitens, das Alter. Wie viele Jahre liegen zwischen euch?«

»13«, murmelte Lars.

»Pfft, das heißt, dass er volljährig ist. Also alles gut. Wenn eine Freundschaft funktioniert, warum sollte eine Beziehung das nicht auch? Und drittens, die Sache mit dem Geschlecht. Wo ist das Problem? Soweit ich weiß, wurde Paragraf 175 schon vor ein paar Jahren abgeschafft!« Sie klatschte in die Hände, sie war sichtlich zufrieden mit ihren Erkenntnissen.

Lars seufzte. Wenn er das doch nur auch so entspannt sehen könnte. »Lars, wo zum Teufel ist das Problem? Du bist verliebt, freu dich mal!« Anne ließ einfach nicht locker. Für sie schien alles so einfach zu sein.

»Aber was, wenn er nicht in mich verliebt ist?«, äußerte Lars seine größte Angst.

»Das wirst du nicht erfahren, wenn du nicht mit ihm redest. Du musst ihm sagen, was du fühlst. Ganz einfach. Frag Sandra, die wird die das Gleiche sagen.«

»Vermutlich.« Lars hatte schon lange das Gefühl, dass die beiden Zwillinge im Geiste waren.

»Ich bin verknallt in Moritz. Verdammt, ey«, murmelte Lars, mehr zu sich selbst als zu seiner Schwester. Natürlich fiel sie ihm trotzdem um den Hals.

KAPITEL 10

Seit gestern trug Moritz die Erkenntnis mit sich herum. Er war verknallt, seinen eigenen körperlichen Reaktionen nach zu urteilen bis über beide Ohren. Und was nun? In ihm reifte der Plan, wieder hoch in den Norden zu fahren und Lars zu sagen, was er fühlte. Aber was, wenn Lars anders fühlte? *Ich werd's nicht erfahren, wenn ich nicht hinfahre,* erklärte er sich selbst. *Außerdem hat er doch selbst gesagt, dass die Küsse ihm etwas bedeuten. Vielleicht heißt das ja sogar, dass er auch mehr für mich fühlt,* murmelte eine leise Stimme in seinem Hinterkopf. Er verscheuchte den Gedanken, schließlich wollte er sich nicht zu große Hoffnungen machen.

»Ich bin übers Wochenende nicht da«, erklärte er Tim am Freitag nach dem Seminar. Sie waren gemeinsam auf dem Weg zur Bahn.

»Wo geht's hin? Zu deinem Schwarm?«

Moritz nickte.

»Cool. Wo wohnt sie denn?«

»Hamburg. Also, da in der Nähe.« Er wies Tim nicht darauf hin, dass es sich um einen ihn handelte.

»Oh, das ist aber schon 'ne Ecke«, stieß Tim überrascht hervor.

»Jo«, antwortete Moritz achselzuckend.

»Ist das nicht zu weit?«, hakte Tim nochmal nach.

»Mit dem Zug sind's drei Stunden. Das geht schon.«

»Naja, es würde schon unter Fernbeziehung fallen, oder?«

Moritz nickte. »Naja, wo die Liebe hinfällt, nicht wahr?«

»Stimmt. Also, erzählst du mir jetzt endlich mal was über sie? Wie sieht sie aus, wie alt ist sie? Wie heißt sie?«

Moritz atmete tief durch. Sollte er dazu stehen, dass es keine sie war? Würde Tim komisch reagieren? Im Bruchteil einer Sekunde entschied er, Tim die Wahrheit zu sagen. Sie kannten sich schon seit dem Abi und wenn er es ihm nicht sagen würde – wem dann?

»Lars«, antwortete er, dann wartete er auf die Reaktion. Als nach einigen Sekunden nichts kam, wandte Moritz sich zur Seite, doch Tim war verschwunden. Überrascht blieb Moritz stehen und sah sich um. Tim stand wie angewurzelt einige Meter hinter ihm. Den Mund hatte er aufgerissen. Schnell ging Moritz zu ihm.

»Sag das nochmal«, flüsterte Tim und schluckte.

»Lars. Das ist der Name.«

»Ja, aber das ist ein männlicher Name!«

Moritz nickte. »Das stimmt.«

Tim schüttelte ungläubig den Kopf. »Du bist schwul?!«, fragte er und klang vorwurfsvoll. Wieso klang er vorwurfsvoll?

»Nein. Also, keine Ahnung. Aber ja, er ist ein Typ.«

»Bah! Wie ekelhaft!«, rief Tim aus. Moritz wich einige Schritte zurück ob dieser heftigen Reaktion. »Dein Ernst?«, flüsterte er entsetzt. Tim schüttelte wieder den Kopf. »Hast du schon mal darüber nachgedacht?!«, rief er plötzlich aus. »Ein Typ mit 'nem anderen Typ? Das ist doch nicht normal!«

Nun war es an Moritz, den Kopf zu schütteln. »Ey, Tim! Jetzt komm mal wieder runter. Was ist schon normal?«

»Na, das auf jeden Fall nicht! Komplett ekelhaft!« Tim stemmte die Hände in die Hüften, um seinen Worten

Nachdruck zu verleihen. Moritz konnte es gar nicht glauben.

»Jetzt hör' doch mal auf! Das ist doch nicht ekelhaft! Hundekacke am Schuh ist vielleicht ekelhaft, aber doch nicht zwei Männer, die sich lieben!«

»Doch, Moritz. Doch, ist es. Sorry, aber damit komm ich echt nicht klar.«

Dann machte er auf dem Absatz kehrt und ging wortlos in eine andere Richtung davon.

Moritz blieb noch einen Augenblick stehen und sah seinem ältesten Kumpel stirnrunzelnd hinterher. Er hätte nie gedacht, dass Tim homophob wäre. Aber sie hatten halt auch nie wirklich über so etwas gesprochen. Diese extrem negative Reaktion versetzte ihm einen Stich. Aber was sollte er gegen seine Gefühle tun? Er schüttelte den Kopf und den Gedanken ab. Dann atmete er tief durch und ging allein zur U-Bahn.

***

Er hatte eine späte Zugverbindung erwischt. Sie war günstig, aber er würde erst um neun Uhr abends bei Lars ankommen. Seinen Eltern hatte er erzählt, dass er nochmal zu einer Veranstaltung fahren würde und Sonntag wieder da wäre. Dass er noch kein Ticket für die Rückfahrt hatte, hatte er sorgfältig verschwiegen. Er wollte sich alle Optionen offenhalten – abhängig davon, wie das Gespräch mit Lars laufen würde.

Jetzt saß er im Zug und sah aus dem Fenster in den dunkler werdenden Abendhimmel. Auf den Ohren hatte er wieder laute Musik, die ihn von seinen Gedanken ablenkte. Dieses Mal kreisten sie nicht nur um Lars, sondern auch um Tims heftige Reaktion. Würden alle Leute so negativ auf seine Gefühle reagieren? Würde Lars so reagieren? Hoffentlich nicht. Zumindest, wenn er der Sprachnachricht Glauben schenkte, würde die Reaktion positiver ausfallen. Obwohl er die Sprachnachricht von Lars inzwischen auswendig konnte, war er sich nicht sicher, ob Lars tatsächlich auch Gefühle für ihn hatte. Bald würde er es wissen …

Plötzlich schreckte er auf, denn etwas berührte ihn an der Schulter. Ruckartig riss er die Kopfhörer aus seinen Ohren. »Ach du heiliger –!«, rief er aus und sah hektisch in die Richtung, aus der die Berührung kam.

»Hi! Hatten wir nicht neulich schon das Vergnügen?« Es war die Zugbegleiterin vom vergangenen Sonntag.

»Hi! Äh, ja, stimmt. Alles klar?«

»Naja, ich muss Freitagabend arbeiten, aber sonst geht's. Sag mal, bist du Pendler?«

Er schüttelte den Kopf. »Nein, ich hab' nur einen Termin«, erklärte er und schämte sich fast ob dieser Lüge.

»Schade«, murmelte sie und kontrollierte sein Ticket.

»Was?« Moritz war sich nicht sicher, ob er sie richtig verstanden hatte. Sie sah auf und lächelte ihn an. Das Lächeln erreichte ihre Augen nicht.

»Ich sagte schade«, wiederholte sie, dann wandte sie sich wieder dem Handy zu.

»Wieso?«

»Na, wenn du regelmäßig pendeln würdest, würden wir uns öfter sehen. Ich hab' immer wieder diesen Wochenenddienst«, erklärte sie, ohne ihn anzusehen. Er nickte, doch war sich nicht sicher, ob er sie verstand.

»Naja, wie gesagt, schade. Wir sehen uns gleich nochmal.« Sie gab ihm das Handy wieder und ging davon.

Moritz ließ sich wieder in die Polster sinken. Hatte sie mit ihm geflirtet? Er war nicht sicher, aber irgendwie fühlte es sich so an. Dann realisierte er, dass es ihm eigentlich auch völlig egal war. Seine Gedanken kehrten zurück zu Lars und seiner Abendplanung. Er hatte sich nicht angekündigt und würde Lars überraschen. So würde Lars einfach die Tür öffnen und sie könnten miteinander reden. Das war zumindest seine Hoffnung. Ob sein Plan so aufgehen würde, wusste er zwar nicht, aber es war der einzige, den er hatte.

KAPITEL 11

Scheißdreck, elender, wer klingelt denn um diese Uhrzeit noch Sturm?! Wütend warf Lars sich ein T-Shirt und eine Jogginghose über und ging zur Tür. Er betätigte den Summer und öffnete seine Wohnungstür. »Wer ist da?«, rief er durch den Hausflur. Keine Antwort. *Na, das hat man ja gern*, grummelte er in Gedanken und lehnte die Tür an. Normalerweise brauchten Leute ein paar Augenblicke, bis sie im Dachgeschoss ankamen. Am Spiegel im Flur fuhr er sich noch einmal kurz durch die Haare. Er hatte auf der Couch gelegen und war durch das Klingeln geweckt worden. Dann ging er zurück zur Tür.

Fast hätte er die Wohnungstür wieder zugeknallt, als er sah, wer davorstand. »Moritz?!«, stieß er erschrocken hervor. Sein Gesicht musste Bände gesprochen haben. Moritz grinste breit, von einem Ohr zum anderen. Er breitete die Arme aus und antwortete: »Ta-da!«
Verwirrt schüttelte Lars den Kopf, ganz so, als wollte er die optische Täuschung verscheuchen. »Was machst du denn hier? Solltest du nicht zu Hause sein?«, fragte er verwirrt.
»Sollte ich«, nickte Moritz. »Und warum ich hier bin, erklär' ich dir gerne, wenn du mich reingelassen hast.«

Völlig perplex trat Lars beiseite, sodass Moritz die Wohnung betreten konnte. Immer noch komplett verwirrt schloss er die Tür und ging dann an seinem Überraschungsgast vorbei in sein Wohnzimmer. Unschlüssig blieb er mitten im Raum stehen. »Äh, willst du vielleicht was trinken? Wasser?«, besann er sich schließlich seiner guten Manieren. Moritz stellte seine Tasche neben der Tür ab, setzte sich auf die Couch und nickte. »Gern, danke«, sagte er lächelnd.

Lars nutzte die günstige Gelegenheit und atmete in der Küche tief durch. *Scheiße, was macht der hier?!*, fragte er sich. Wenn er jetzt hier war, warum hatte er dann nicht auf seine Sprachnachricht geantwortet? Oder sich wenigstens angekündigt? Lars verscheuchte die Gedanken und nahm eine Flasche Wasser und ein Glas mit zurück ins Wohnzimmer. Moritz hatte sich bequem zurückgelehnt und grinste ihn lässig an.

»Bitte schön«, murmelte Lars, als er Flasche und Glas abstellte. »Also, warum bist du nicht zu Hause?« Anstatt zu antworten goss Moritz sich in aller Ruhe ein Glas Wasser ein und trank einen Schluck.
»Weil ich hergefahren bin.«
Lars verdrehte die Augen. *Na super, jetzt lässt er sich auch noch alles aus der Nase ziehen!*
»Und warum bist du hierhin gefahren? Und jetzt sag' nicht, weil du mich besuchen wolltest!«
»Doch!«, erwiderte Moritz triumphierend. Sein Grinsen wurde, sofern das möglich war, noch breiter. Lars stand immer noch mitten im Wohnzimmer und verschränkte nun die Arme.
»Willst du da stehen bleiben?«, fragte Moritz.
Lars nickte. »Also, weiter?«

Moritz seufzte und richtete sich ein Stück auf. »Ich wollte mit dir reden«, erklärte er und wirkte nun ernst. Lars nickte abermals, fragte aber nicht nochmal nach.

»Also hab' ich kurzfristig ein Zugticket gebucht und bin eben einfach losgefahren. Deine Sprachnachricht ging mir nicht aus dem Kopf und —« Der Rest des Satzes ging in einem Schnauben, dicht gefolgt von den Worten »Oh scheiße!« unter. Lars hatte laut geflucht und wurde nun rot. Sonst wurde er nie rot! Jetzt gerade trieb die Peinlichkeit ihm die Schamesröte ins Gesicht.

»Nix scheiße. Lass' mich mal ausreden!«

»Sorry, Moritz. Das mit der Sprachnachricht… ich dachte einfach, es wäre eine gute Idee, alle Karten auf den Tisch zu legen und so«, startete Lars einen kläglichen Versuch, sich aus der Affäre zu ziehen. Was dachte Moritz jetzt nur von ihm?

Scheiße, Mann, du hättest es lassen sollen. Er scheint dich nicht zu hassen, sonst wäre er ja nicht hier. Aber trotzdem … das wird doch jetzt unter Garantie so 'ne Mitleidsnummer, nach dem Motto „lass uns Freunde bleiben"… und in vier Wochen ebbt der Kontakt dann endgültig ab. Dann liest man sich höchstens noch auf Social Media. Warum kannst du deine blöde Klappe auch nicht halten? Hättest du einfach nichts gesagt, wäre zumindest alles noch so wie vorher … Scheiße, elende!

»Lars, hörst du mir überhaupt zu?«, fragte Moritz in seine Gedanken hinein. Lars blinzelte. Moritz war aufgestanden und wedelte nun mit einer Hand vor seinem Gesicht herum. »Sorry, was? Ich war grad' kurz in Gedanken.«

»Na, das hab' ich wohl gemerkt. Ich hab' gesagt, dass du dich nicht entschuldigen brauchst. Und dann wollte ich noch wissen, wo das Bad ist«, wiederholte Moritz. »Den Flur runter, zweite Tür links«, wies Lars ihm den Weg. Moritz ging an ihm vorbei. Als Lars die Tür zum Bad hörte, atmete er kurz durch. Dann setzte er sich doch auf die Couch, möglichst weit weg von Moritz' Platz. Was würde er ihm jetzt gleich sagen?

Nach einigen langen Minuten kam Moritz zurück. »So, besser. Also«, begann er, setzte sich und drehte sich zu Lars.

»Wie gesagt, brauchst du dich nicht entschuldigen. Nicht für die Sprachnachricht und auch sonst für nix.«

»Aber —«, versuchte Lars ihn zu unterbrechen. Doch Moritz schüttelte vehement den Kopf. »Nix aber.«

Lars war verwirrt. Hatte Moritz kein Problem mit seinen Gefühlen?

»Also, dieser Kuss.« Moritz machte eine kurze Pause, holte Luft. Lars beobachtete jede Regung im Gesicht seines Gegenübers genau und wartete gespannt.

»Natürlich kam das nicht aus dem Nichts. Ich hätte echt nicht so viel Schnaps trinken dürfen. Sonst ... sonst wäre das doch alles ganz anders gelaufen!«

Lars verstand gar nichts mehr. Der Schnaps war schuld? Er stellte die Frage laut.

»Irgendwie schon. Aber irgendwie auch nicht. Sagen wir mal so: Wenn der Schnaps nicht gewesen wäre, hätte ich mich vermutlich besser unter Kontrolle gehabt.«

Kontrolle? Was denn für eine Kontrolle?, dachte Lars. Er war nicht weniger verwirrt als noch vor zwei Minuten. Eher noch verwirrter. Laut sagte er: »Wie meinst du das denn jetzt?«

Moritz zuckte die Achseln. »Ist doch klar. Wenn ich nicht so hackedicht gewesen wäre, hätten wir uns wahrscheinlich nicht geküsst. Aber vielleicht war es ganz gut, dass alles so gelaufen ist, wie es gelaufen ist.«

»Moritz, ich versteh' hier grad nur Bahnhof. Kannst du dich irgendwie mal klar ausdrücken?«

»Mann, Lars!«, rief Moritz aus und warf in einer verzweifelten Geste die Hände in die Luft. »Ich finde es nicht eklig, dass wir uns geküsst haben. Ganz im Gegenteil: Mir geht's genauso wie dir! Auch, wenn ich mich zugegebenermaßen an nichts erinnern kann. Aber ich…« Er stockte. Lars hielt die Luft an, wartete. Als einige Momente nichts passierte, fragte er »ja?«

Moritz seufzte.

»Ich hab' geahnt, dass sowas passieren könnte, wenn ich betrunken bin. Deshalb wollte ich ja erst gar nicht mitgehen auf den Kiez. Aber ihr habt mich alle so belabert … da konnte ich nicht nein sagen. Ich hatte die ganze Zeit Schiss, was du sagen würdest, wenn ich es zugebe. Deswegen hab' ich nix gesagt.«

»Was gesagt?« Lars hatte eine Vermutung, was Moritz meinte, doch er wollte es partout aus dessen Mund hören.

»Na, dass ich auf dich stehe!«

Die Stille, die auf diesen Satz folgte, war drückend. Lars wagte kaum, zu atmen. Hatte Moritz das gerade wirklich gesagt? Oder träumte er? Seine Gedanken rasten. *Hallo, du musst was sagen! Er steht auf dich! Moritz steht auf dich! Obwohl du so viel älter bist und so weit weg wohnst. Aber warum hat er nicht eher was gesagt? Aber, was hättest du wohl geantwortet? Bis letzte Woche hattest du doch keine Ahnung …*

»Verarschst du mich?«, fragte Lars schließlich und sah Moritz misstrauisch an. Der schüttelte lediglich den Kopf. »Und warum hast du dann so komisch reagiert? Und mich immer unterbrochen, den ganzen Tag?«

Moritz seufzte. »Na, das liegt doch auf der Hand. Ich hatte Schiss. Schiss, wie du reagierst. Du hättest es ja genauso schlimm finde können« erwiderte Moritz, als wäre es das Normalste der Welt. Lars nickte. Das war es ja schließlich auch gewesen, was ihn am Ende zurückgehalten hatte.

»Wow, äh, ja ... krass. Wahnsinn. Ich meine ... wow«, stotterte Lars. Er wusste nicht, was er sagen sollte. Seine Gedanken fuhren Achterbahn. Dann fiel ihm etwas ein.

»Und mein Alter? Ich meine ... immerhin bin ich 13 Jahre älter als du.«

Moritz zuckte die Achseln. »Ja und? Was ist daran so schlimm? Immerhin haben wir uns ja auch erst einmal geküsst. Noch ist ja nicht mehr passiert. Außerdem bin ich volljährig!«

Lars' schlechtes Gewissen meldete sich. *Du solltest es ihm sagen. Die ganze Wahrheit. Das lässt sich nicht wegdiskutieren!* »Also, was das betrifft.« Er atmete tief durch. »Moritz, wir haben uns nicht nur geküsst. Nach dem Kuss auf den Fotos hast du erst dich ausgezogen und dann noch versucht, mich auszuziehen und –«

Weiter kam er nicht, denn Moritz unterbrach ihn. »Und was? Du hast gesagt, wir haben nicht miteinander geschlafen! Du hast gesagt, ich bin eingeschlafen!« Panik schwang in Moritz' Stimme mit. Lars hob eine Hand und wollte sie Moritz auf die Schulter legen, entschied sich jedoch im letzten Moment anders. Immerhin hatte er keine Ahnung, wo sie standen. Er ließ die Hand wieder sinken.

»Haben wir auch nicht. Du bist eingeschlafen, noch während du versucht hast, mich auszuziehen. Ich hab mich dann einfach selbst ausgezogen und bin auch ins Bett.«

»Haben wir, ich meine, hab' ich…?«, fragte Moritz und deutete unwirsch auf Lars' Schritt. Lars schüttelte den Kopf. »Nichts unterhalb der Gürtellinie.«

Moritz atmete auf. »Daran würde ich mich nämlich gern danach erinnern können.«

Lars grinste. Dann fiel ihm etwas ein.

»Und warum hast du dich nicht gemeldet, letzte Woche? Als du nach Hause kamst?«, wollte er wissen. Moritz zuckte die Schultern.

»Naja, ich wusste nicht, ob du erwartest, dass ich auch auf die anderen Sachen sofort antworte. Also hab' ich lieber gar nix geschrieben«, erklärte er leise. Lars schüttelte den Kopf.

»War nicht deine intelligenteste Entscheidung. Und was hast du jetzt vor?«, fragte er. »Ich mein', es ist sauspät. Wie kommst du nach Hause? Und wann?«

Moritz rieb sich den Nacken. »Ähm, wahrscheinlich Sonntag oder so mit dem Zug. Ich brauche nur einen Schlafplatz.« Bei den letzten Worten war seine Stimme immer leiser geworden. Lars wusste, was er sagen wollte, aber nicht aussprach.

»Na dann«, erwiderte er. »Willst du, dass ich dir die Couch beziehe oder kommst du mit in mein Bett?«, fragte er und hob anzüglich eine Augenbraue.

Moritz wurde, ganz entgegen seines Naturells, blass. Sofort hatte Lars ein schlechtes Gewissen. Doch Moritz fing sich schnell.

»Ich komme gern mit ins Bett«, antwortete er. »Aber bilde dir bloß keine Schwachheiten ein!«, fügte er dann noch hinzu.

»Keine Sorge, Kleiner«, erklärte Lars und stand auf. Er hatte überhaupt nicht vorgehabt, irgendwas zu versuchen. Aber ihn auf der Couch schlafen zu lassen, wäre ihm auch albern vorgekommen.

»Wollen wir vorher eine Führung machen? Wohnzimmer und Bad kennst du ja schon. Soll ich dir den Rest meiner Wohnung auch noch zeigen?«, bot Lars dann an und griff nach Moritz' Tasche. Moritz nickte und folgte ihm auf den Flur.

KAPITEL 12

»Hier nimmst du also auf«, stellte Moritz mit Blick auf den Schreibtisch, der an einer Wand im Schlafzimmer stand, fest. Lars nickte. »Genau. Die Wohnung hat halt nur zwei Zimmer, also ist das hier quasi das kombinierte Schlaf- und Arbeitszimmer.«

Moritz sah sich um. Gegenüber vom Schreibtisch stand ein großes Bett, das nicht gemacht war. Daneben ein Nachttisch mit Lampe und einigen Comics sowie ein überquellender Wäschekorb. Neben dem Schreibtisch stand der Kleiderschrank, die zwei Spiegeltüren spiegelten direkt das Bett. *Interessanter Winkel*, dachte Moritz. Den Bereich hinter dem Schreibtisch kannte er bereits aus Lars' Videos. Unterm Fenster lagen einige Hanteln und anderes Fitness-Equipment.

»Sorry, ich hatte keinen Besuch erwartet. Sonst hätte ich aufgeräumt«, erklärte Lars. Moritz sah auf und stellte fest, dass er gemustert wurde. »Ach Quatsch, ist doch schick!«, antwortete er. Er sah, dass Lars grinsen musste. »Ist klar«, sagte er, dann ging er zum Bett. Er stellte die Tasche ab.
»Komm, ich zeig dir noch die Küche«, sagte Lars. Moritz nickte noch einmal. Sie liefen durch die Diele zurück in Richtung Eingangstür. Kurz vorm Band bog Lars links ab. Moritz folgte ihm und betrat die kleine Küche. Es gab einen kleinen Tisch mit Platz für zwei Personen.
»Klein aber fein«, erklärte Lars und machte eine ausladende Geste.

»Ist doch alles da, was man braucht!«, stellte Moritz fest, während er sich einmal um die eigene Achse drehte.

»Tja, und das war's auch schon, Ende der Führung.« Lars sah ihn aufmerksam an. Es gab einen kurzen Moment der Stille. Moritz wusste nicht, was er als nächstes sagen sollte. Dann sah er auf die Uhr. Langsam merkte er, wie die Anspannung nachließ und Müdigkeit Platz machte.

»Hey, ähm, wäre es okay, wenn ich ins Bett möchte? Ich bin hundemüde«, murmelte er und unterdrückte ein Gähnen. Lars nickte. »Klar, kein Ding! Du darfst gern zuerst ins Bad!« Dankbar lächelte Moritz Lars zu und ging ins Schlafzimmer, um seine Zahnbürste zu holen.

***

Moritz wartete verlegen, während Lars im Badezimmer war. Es schien ewig zu dauern, bis er wiederkam. Dann setzte er sich, nur noch in T-Shirt und Boxershorts bekleidet, auf das Bett.

»Es ist angerichtet«, erklärte Lars grinsend. Dann klopfte er neben sich auf die Matratze. *Das ist total merkwürdig,* dachte Moritz, während er selbst seine Jeans auszog, die Brille auf den Nachttisch legte und sich dann neben Lars setzte. Plötzlich begann Lars zu lachen. Laut und kräftig. Kurz fragte Moritz sich, ob er etwas Komisches gemacht hatte, da japste Lars auch schon los.

»Sorry, aber diese Situation ist so dermaßen absurd! Vor kaum einer Woche haben wir uns leidenschaftlich geküsst und jetzt sitzen wir hier nebeneinander wie schüchterne Teenies!«

Auch Moritz musste widerwillig grinsen. »Das stimmt«, antwortete er. »Aber wenn sich einer gar nicht an den Kuss erinnert – ist er dann wirklich passiert?«

Lars hörte auf, zu lachen. Plötzlich sah er Moritz mit einer Ernsthaftigkeit an, die ihm fremd war. »Dann müssen wir das ändern«, stellte er mit rauer Stimme fest. Moritz fror das Grinsen im Gesicht fest. Er ahnte, worauf das hinauslaufen würde, und merkte, wie seine Handflächen schwitzig wurden. »Äh, okay«, flüsterte er.

Vorsichtig lehnte Lars sich näher zu ihm. Ihre Schultern berührten sich. Moritz wusste nicht recht, ob er die Augen schließen sollte oder nicht. Als er Lars kaum noch klar sehen konnte, beschloss er, sie doch lieber zu schließen. Kaum eine Millisekunde, nachdem er die Augen geschlossen hatte, spürte er Lars' raue Lippen auf seinen. Kurz. Schon war der Kuss vorbei. Moritz öffnete die Augen.
Lars war rot geworden, grinste aber. »Besser?«
Moritz nickte. Der Kuss war schön gewesen. »Besser«, antwortete er und lehnte sich an Lars. Er fühlte sich wahnsinnig wohl in dessen Gegenwart.

Lars räusperte sich. »Wir sollten wirklich langsam schlafen«, murmelte er. Er rutschte weiter aufs Bett und machte Platz für Moritz. Dann legte er sich hin. Moritz rutschte hinterher und schmiegte sich dann an Lars. Er drehte sich zu Lars und grinste ihn an. Die nächsten Küsse würde keiner von ihnen so schnell vergessen, da war er sicher.

***

Am nächsten Morgen erwachte er früh. Draußen schien es noch dunkel zu sein. Zumindest drang kein Licht ins

Zimmer, soweit er das mit geschlossenen Augen feststellen konnte. Grummelnd drehte Moritz sich auf die andere Seite, um noch ein bisschen weiterschlafen zu können, doch irgendwas war komisch. Das Bett roch anders als seins.

Schlagartig war Moritz hellwach. Er setzte sich ruckartig auf und starrte im Raum umher. Ohne Brille konnte er allerdings wenig erkennen. Er kniff die Augen zusammen und sah sich suchend im Raum um. Auf dem Nachttisch entdeckte er seine Brille. Er griff danach und setzte sie auf. Tatsache, er befand sich in Lars' Schlafzimmer. Er hatte die Ereignisse des gestrigen Tags nicht geträumt. *Wo ist Lars?*, fragte er sich und stand auf. »Lars?«, rief er zaghaft und ging hinaus auf den Flur. Keine Antwort. Er sah im Wohnzimmer nach und klopfte an die Badezimmertür, doch von Lars war keine Spur zu sehen. Wo war er bloß? Und wie viel Uhr war es eigentlich?

Moritz kehrte ins Schlafzimmer zurück und zog sein Handy aus der Hosentasche seiner Jeans. 8:30 Uhr. Keine Nachrichten, nichts. »Lars?«, versuchte er es noch einmal, dieses Mal lauter. Immer noch keine Antwort. Langsam machte er sich Sorgen. *Wo kann er nur sein? Ich bin doch in seiner Wohnung, nicht umgekehrt!* Sein letzter Weg führte Moritz in die Küche. Auch hier war Lars nicht zu sehen, dafür lag auf dem kleinen Esstisch neben der Obstschale ein Zettel. Zusammengefaltet. Moritz nahm das Blatt und faltete es auf. Es war ein kurzer Brief von Lars:

Guten Morgen, Schlafmütze!

Ich bin arbeiten. Du weißt schon, das, was manche Leute im echten Leben machen, wenn sie keine Millionen mit lustigen Videos verdienen. Ich bin gegen eins wieder da und bring' was zu Essen mit. Fühl dich solange einfach wie zu Hause. Im Kühlschrank ist vielleicht noch was zum Frühstück, Kaffee ist auf jeden Fall gekocht.

Bis später, Lars

P. S.: Das WLAN-Passwort ist gqLx7XJjQ4

Moritz musste grinsen. *Ach ja, Arbeit. Stimmt, Lars hat einen Nebenjob, hatte er mal erzählt*, dachte Moritz bei sich. Den Zettel immer noch in der Hand, ging er zur Kaffeemaschine und goss sich einen Kaffee in die bereitstehende Tasse ein. Dann ging er ins Wohnzimmer.

Während er seinen Kaffee trank, scrollte er ein wenig durch die sozialen Netze. Keine besonderen Vorkommnisse, wenn man davon absah, dass der Präsident eines großen Landes wieder einmal die Hauptstadt eines anderen Landes mit einem dritten Land verwechselt hatte. Peinlich. Moritz verdrehte die Augen. Dann fuhr er seinen Laptop hoch, um nach bezahlbaren Zugverbindungen für die Heimreise zu suchen.

Natürlich waren alle Züge völlig überfüllt. *Scheiße*, fluchte er in Gedanken und schloss frustriert den Browser. Aber es führte kein Weg daran vorbei: Er musste baldmöglichst wieder nach Hause. Seine Eltern würden wahnsinnig Stress machen, wenn er nicht spätestens am nächsten Tag wieder zu Hause war. Um sich nicht weiter damit beschäftigen zu müssen, startete er sein Schnittprogramm, um das aktuelle Video fertig zu schneiden.

»Fleißig, fleißig«, riss ihn eine bekannte Stimme aus der Konzentration. Verwirrt sah er auf. »Ach, hi! Ist es schon eins? Ich hab' den ganzen Vormittag geschnitten …«, stammelte er und rieb sich den schmerzenden Nacken.
Grinsend stand Lars im Türrahmen. »Jap. Ich hab' Essen mitgebracht. Hunger?«
Erst jetzt merkte Moritz, dass sein Magen knurrte. Immerhin hatte er außer der Tasse Kaffee am Morgen noch nichts zu sich genommen.
»Und wie!«, antwortete er deshalb strahlend und stand auf.
»Na dann, ab in die Küche«, meinte Lars und ging selbst voran. Moriz folgte ihm eilig.

In der Küche stand eine dampfende Pizza auf dem Tisch.
»Typisch norddeutsch!«, stellte Moritz grinsend fest und setzte sich. Lars verdrehte die Augen.
»Du meinst auch, wir essen den ganzen Tag nur Fischbrötchen, was?«
»Na klar! Und ihr lauft alle ständig im Friesennerz rum und redet Plattdeutsch!«
»Idiot«, schnaubte Lars verächtlich.
»Angenehm, Moritz.«

Eine Weile aßen sie schweigend. Moritz merkte, wie Lars immer wieder verstohlen zu ihm herübersah. Irgendwann reichte es ihm.
»Sag mal, hab' ich was im Gesicht oder warum glotzt du die ganze Zeit so?«
»Hä? Nee, ich glotz' doch gar nicht!«

»Ist klar«, schnaubte Moritz. »Du glotzt, das sieht doch ein Blinder mit 'nem Krückstock! Also, raus mit der Sprache, was ist?«

Lars druckste herum. »Ich wollte eigentlich nur wissen … oder, eigentlich will ich's gar nicht wissen … wann du wieder nach Hause fährst?«

Moritz seufzte. »Keine Ahnung. Die Züge heute sind alle wahnsinnig überfüllt, da hab ich echt keinen Bock drauf.… Aber Uni und Arbeit warten halt auf mich. Okay, Uni ist relativ, aber Videos muss ich drehen. Vor allem, ich hab' nur noch ein Video vorgedreht, das geht heute online.«

»Und was ist mit dem, an dem du gerade geschnitten hast?«, fragte Lars.

»Jo, das schaff' ich vielleicht bis morgen. Aber eigentlich muss ich Montag wieder in meinem gewohnten Setting sitzen …«

Er ärgerte sich fast über sich selbst. Warum musste er auch täglich Videos hochladen? *Ich bin echt selbst schuld*, schalt er sich.

Er sah, wie sich Lars' Miene mit einem Mal aufhellte. »Dann bleib' doch noch zwei Tage. Wenn du heute schon was für Montag buchst, sparst du vielleicht sogar noch was. Das können wir ja nach dem Essen mal checken«, schlug er vor und klang dabei regelrecht euphorisch. Moritz' Magen zog sich vor Freude zusammen. Lars wollte, dass er noch blieb!

Nach dem Essen setzten sie sich gemeinsam vor Lars' Computer und suchten nach Zugverbindungen für den übernächsten Tag. Moritz war erleichtert: Tatsächlich war auf allen Verbindungen sehr viel weniger los. Er konnte sich seinen Platz praktisch frei aussuchen.

»Na, Gott sei Dank. Das sieht doch gleich viel besser aus«, stellte er fest.

»Also, willst du lieber fahren oder fliegen?«, fragte Lars und deutete auf zwei vielversprechende Zugverbindungen.

»Nee, fliegen auf keinen Fall! Das lohnt sich weder finanziell noch von der Zeit her. Ich glaub, ich nehm' den Zug um 13 Uhr. Dann bin ich immer noch nachmittags zu Hause und kann was Kurzes aufnehmen«, überlegte Moritz. Lars nickte, ihm schien diese Idee zu gefallen. »Buchst du für mich?«, fragte Moritz. »Dann ruf' ich schon mal meine Mutter an. Die macht sich schon seit gestern Sorgen, wann ich nach Hause komme.«

Lars nickte und so wandte Moritz sich seinem Handy zu.

»Hallo mein Schatz! Alles klar bei dir? Wann kommst du denn morgen nach Hause?«, wollte seiner Mutter wissen. Sie hatte bereits nach dem ersten Klingeln abgehoben.

»Hi Mama. Sag mal, hast du neben dem Telefon gewartet?«

»Blödsinn, wie kommst du denn darauf? Also? Wie sieht's aus?«

Moritz verdrehte die Augen. »Es ist alles gut. Ich komme erst Montag nach Hause. Am Nachmittag. Mein Zug fährt in Hamburg gegen 13 Uhr los.«

»Am Montag erst?« Seine Mutter klang verwirrt.

»Ja, Mama, Montag. Und keine Angst: Von der Uni her ist das auch kein Problem.«

»Ähm, okay. Aber wo schläfst du denn solange?«

»Bei Lars. Du weißt schon, der, mit dem ich regelmäßig Videos aufnehme?«

»Ich dachte, der wohnt in Leipzig?« Wieder Augenverdrehen.

»Nein, das ist Christian. Lars wohnt in Pinneberg bei Hamburg.«

»Ach so. Na, dann ist ja gut. Melde dich am Montag, falls ich dich vom Zug abholen soll!«

»Mach ich. Tschüss, Mama.«

Er legte auf. *Mütter*, dachte er. *Von nix 'ne Ahnung und zu allem eine Meinung!*

»Was ist los?«, wollte Lars belustigt wissen. Moritz zuckte die Schultern. »Typisch Mütter ist los. Wann kommst du nach Hause? Wo schläfst du? Wer ist das?«, äffte er seine Mutter nach. »Das Übliche eben.«

Lars lachte auf. »Na, sie macht sich halt Sorgen … Glaub' mir, das hört nie auf!«

»Das befürchte ich!«

KAPITEL 13

Es war still in Lars' Schlaf- und Arbeitszimmer. Moritz hatte sich zum Schneiden ins Wohnzimmer zurückgezogen, sodass Lars allein vor seinem Computer saß. Einen Moment überlegte er, was er jetzt mit seiner freien Zeit anfangen sollte. Er versuchte gerade, sich für ein Spiel zu entscheiden, das ihm die Langeweile vertreiben würde, als ein Fluch die Stille durschnitt.

»Scheiße!«, rief Moritz, gefolgt von einem stampfenden Geräusch. Sofort war Lars auf den Füßen und eilte ins Wohnzimmer. Er fand Moritz auf der Couch sitzend, der aufgeklappte Laptop stand vor ihm. In seinem Gesicht herrschte blanke Wut. Er hielt sich die linke Hand.
»Oh fuck! Aua! Scheiße, elende!«
»Was ist passiert?«, fragte Lars und ging auf Moritz zu. Er setzte sich neben ihn auf die Couch und warf einen Blick auf den Bildschirm des Laptops. Es zeigte das Schnittprogramm, mit dem Moritz arbeitete. Aber –

»Das Programm ist abgestürzt! Stunden Arbeit für nix. Elende Kacke! Man sollte meinen, ich wüsste, dass man regelmäßig abspeichern muss … Aber nee, natürlich nicht. Jetzt darf ich fröhlich von vorn anfangen!«, meckerte Moritz.
»Scheiße«, erwiderte Lars verständnisvoll. Er kannte das. Man arbeitete an einem Video und auf einmal streikte das Programm und – zack – durfte man die gesamte Arbeit nochmal machen.
»Und was ist mit deiner Hand?«, wollte Lars dann wissen.

»Ach, nix.« Moritz machte eine wegwerfende Handbewegung mit der rechten Hand. »Ich hab' auf den Tisch gehauen und dann festgestellt, dass er härter ist als meine Faust. Morgen ist die Hand garantiert grün und blau.« Lars seufzte. Moritz tat zwar so, als wäre alles halb so wild, doch er sah ihm die Schmerzen an. Ehe Moritz sich versah, hatte Lars behutsam nach seiner Hand gegriffen und besah sie sich genauer. Mit den Fingerspitzen fuhr er über die schmerzenden Stellen, die knallrot waren. Moritz machte zwar keinen Mucks, doch Lars sah, dass er schmerzverzerrt das Gesicht verzog.

»Also, erstmal muss ich dir sagen, dass dir mein Tisch absolut nichts getan hat. Er kann nun wirklich nichts dafür, dass dein Programm abgestürzt ist«, erklärte er Moritz ernst. Der verdrehte die Augen, musste aber grinsen.

»Und dann: Mensch, Moritz, was machst du für Sachen! Morgen ist die Hand doppelt so dick, da geb' ich dir Brief und Siegel drauf. Ich hol' dir eben was zum Kühlen«, entschied Lars und stand auf.

»Nicht nötig, ehrlich!« rief Moritz ihm hinterher, doch er war schon auf halbem Weg in die Küche.

»Keine Widerrede!«

Kopfschüttelnd stand Lars einen Moment später in der Küche. Er war verwirrt. Hatte er sowas wie einen Beschützerinstinkt gegenüber Moritz? Und wenn ja, woher kam das auf einmal? Das kannte er so normalerweise nur von seinem Neffen, dass er sich so um jemanden kümmerte. Seufzend holte er ein Eispack aus dem Gefrierschrank und wickelte es in ein Küchentuch. Dann ging er zurück zu Moritz.

Der hielt sich immer noch seine Hand und sah aus, als hätte er wirklich Schmerzen. Plötzlich hatte Lars Sorge, dass die Hand gebrochen sein könnte. »Kannst du die Finger denn bewegen?«, fragte er und unterdrückte das Zittern in seiner Stimme nur mühsam. Moritz ließ die Hand los und streckte und beugte die Finger. Er nickte. »Es tut weh, aber ja. Ich geh' nicht davon aus, dass was gebrochen ist.« Mit diesen Worten nahm er Lars das Eispack ab und drückte es behutsam auf seine Hand. Ein Schmerzenslaut entfuhr ihm, bevor sein Gesichtsausdruck sich endlich entspannte.

»Wenn die Schmerzen nicht nachlassen oder die Hand doch noch anschwillt, sag Bescheid. Dann fahren wir ins Krankenhaus«, sagte Lars mit ernster Stimme. Moritz sah ihn an. »Danke, mach ich. Auch wenn ich mir Schöneres vorstellen könnte, als mir heute Abend noch die Hand eingipsen zu lassen!«

Grinsend drückte Lars Moritz einen Kuss auf und verschwand dann mit den Worten »Dann lass ich dich jetzt mal arbeiten« wieder im Schlafzimmer. Zurück an seinem Schreibtisch versuchte Lars, zu zocken. Doch irgendwie fehlte ihm die Konzentration. Einerseits wäre er am liebsten zu Moritz gegangen, andererseits verwirrte ihn sein merkwürdiges Bedürfnis, auf Moritz aufzupassen und ihn zu beschützen. Lag es daran, dass Moritz so viel jünger war? Oder war es diese verrückte Liebe, von der immer alle sprachen? Er konnte es nicht einordnen. Also schrieb er Sandra, wie so oft in Beziehungsfragen.

Hey, Frage: Ist ein Beschützerinstinkt normal, wenn man Gefühle für jemanden hat?

Immer frei heraus. So konnte sie direkt antworten. Und langes Gerede um den heißen Brei nervte sie sowieso. Nach einigen Minuten antwortete sie.

Kommt darauf an. Wolltest du dich nicht gestern melden? ;)

Scheiße, das hatte er total vergessen! Sie hatten ausgemacht, sich am Wochenende nochmal zu treffen. Sandra wollte mit ihm über die ganze Moritz-Geschichte reden.

Wollte ich. Aber dann stand Moritz hier auf einmal auf der Matte und ist direkt über Nacht geblieben. Nein nicht, was du denkst. Aber: Er hat auch Gefühle für mich. Also?

Hm, trotzdem schwierig. Seid ihr zusammen?

Äh, keine Ahnung. Aber ist das nun normal?

Möglich. Man möchte ja gern auf die aufpassen, die einem am liebsten sind. Von daher: Bis zu einem gewissen Grad ja. Wenn du ihm allerdings die Nase putzen und den Hintern abwischen willst, würde ich das hinterfragen. Oder auf einen verrückten Fetisch tippen!

Du hast sie auch nicht mehr alle... aber danke.

Fetisch, so ein Blödsinn. Lars schüttelte den Kopf. Sie kam aber auch immer auf Ideen! Also war sein Verhalten tatsächlich normal. Verrückt. Aus seinen früheren Beziehungen kannte er das nicht. Vor allem eine Frage ließ ihn jetzt überhaupt nicht mehr zur Ruhe kommen: Wo standen sie? Hatten sie eine Beziehung? Wollten sie eine? Auf jeden Fall fühlten sie etwas füreinander. Lars seufzte. *Mensch, Alter. Entspann dich. Ihr werdet es schon noch herausfinden. Immerhin habt ihr noch anderthalb Tage zusammen!*, rügte er sich in Gedanken. »Ja, aber es sind auch nur noch anderthalb Tage …«, murmelte er als Antwort auf sich selbst.

»Was sagtest du?«, hörte er plötzlich eine belustigte Stimme von der Tür her. Erschrocken blickte er sich um. »Moritz! Wie lange stehst du schon da?«

»Lange genug, um zu wissen, dass du über irgendwas grübelst. Das, was du gesagt hast, konnte ich allerdings wirklich nicht so gut verstehen. Möchtest du's wiederholen?«, grinste Moritz ihn an. Er hatte immer noch das Eispack um seine lädierte Hand geschlungen und hielt sie mit der anderen Hand fest.

Statt auf Moritz' Frage einzugehen, deutete Lars auf dessen Hand. »Wie geht's damit?« Moritz nickte. »Besser. Also?« Der Tonfall ließ Lars keine Wahl. Moritz würde keine Ruhe geben. Er seufzte. Dann ergab er sich seinem Schicksal.

»Moritz, wo stehen wir?«

»Äh, in deinem Schlafzimmer. Also, ich zumindest. Du sitzt«, antwortete Moritz und wirkte verwirrt. Lars schüttelte den Kopf.

»Nein, ich meine, das mit uns. In anderthalb Tagen bist du wieder weg und ich bleibe hier und ich würde am liebsten mitkommen und nicht allein sein ... Und ich will, bevor du fährst, wissen, wo wir stehen«, beendete er seinen Monolog und hatte das Gefühl, überhaupt keinen roten Faden zu haben.

Unbehaglich wippte Moritz von einem Bein aufs andere. »Äh ... keine Ahnung, wo wir stehen. Wir haben ja noch nicht darüber gesprochen. Wo möchtest du denn stehen?«

War ja klar, dass Moritz den Spieß sofort umdrehte. Dabei hatte er doch selbst noch keine Ahnung, was er wirklich wollte. Er hatte so viel darüber nachgegrübelt, wo Moritz wohl hinwollte und was Moritz wollen könnte, dass er seine eigenen Gefühle komplett in den Hintergrund verbannt hatte. *Lars! Ist nicht völlig klar, was du willst? Du warst noch nie der Typ für lockere Geschichten, für Gefühle nebenbei. Du hast immer alles ganz gemacht. Ganz gewollt. Jetzt tu gefälligst nicht so!*, dachte er bei sich. Das stimmte. Wenn er ehrlich war, hatte es nie halbe Sachen gegeben. Und das wollte er auch nicht, das konnte er wahrscheinlich nicht einmal.

Er holte tief Luft. »Also, ich —« Dann stockte er. Wieder einmal kriegte er die Worte nicht heraus, wenn es drauf ankam.

»Ja?«, fragte Moritz.

Wieder öffnete Lars den Mund, ohne, dass auch nur ein Ton herauskam. Langsam hatte er das Gefühl, sich lächerlich zu machen. Er sah vermutlich aus wie ein Fisch auf dem Trockenen. Zusätzlich merkte er jetzt noch, wie ihm die Röte in die Wangen kroch. Er senkte den Kopf, um nicht weiter Moritz' Blick ausgesetzt zu sein.

Kurz war es still, dann hörte Lars Schritte. Moritz kam um den Schreibtisch herum und hockte sich auf die Tischkante. »Hey, sieh mich mal an«, murmelte er. Er legte die rechte, unversehrte Hand auf Lars' Unterarm, der auf dem Tisch ruhte. Lars sah auf.

Diese Augen, eine perfekte Mischung aus braun und grün. Die warme Hand auf seinem Arm, die kleine Schauer durch seinen Körper jagte. Die feinen Härchen auf seinem Unterarm stellten sich auf. Moritz sah ihn mit einem leichten Lächeln an, dass Lars ab sofort am liebsten jeden Tag sehen wollte.

»Was möchtest du?«, fragte Moritz leise. Diese Worte holten Lars in die Wirklichkeit zurück. *Sag was!*, schrie er sich in Gedanken selbst an. Er brauchte noch eine Sekunde, blinzelte einmal, zweimal. Endlich hatte er wieder einen klaren Verstand.

»Ich möchte mit dir zusammen sein. So richtig. Offiziell und alles.«

KAPITEL 14

Moritz' leichtes Lächeln wurde zu einem breiten Grinsen, von Ohr zu Ohr. Die Anspannung fiel von ihm ab. Er hatte mehr Angst davor gehabt, was Lars sagen würde, als vor all seinen Abiturprüfungen zusammen. Doch Gott sei Dank empfand Lars genauso wie er selbst. Wollte eine Beziehung. Keine halbgare Geschichte. Die Entfernung würde die ganze Sache wahrscheinlich kompliziert machen, aber irgendwie würden sie das hinbekommen, da war sich Moritz sicher.

»Ich hatte gehofft, dass du das sagst«, antwortete er, nachdem Lars ihn eine Weile aus großen Augen angesehen hatte. Es klang klischeehaft, fast wie aus einem schlechten Film, aber es stimmte. Und jetzt breitete sich, endlich, auch auf Lars' Gesicht ein Lächeln aus.
»Wirklich?«, fragte er und klang dabei wie ein kleiner Junge.
»Wirklich«, antwortete Moritz nickend. »Wollen wir jetzt vielleicht endlich mal was Schönes machen? Einen Film angucken oder so?«, fragte er dann und stand auf. Langsam tat ihm der Hintern vom Sitzen auf der Tischkante weh. Lars nickte und erhob sich ebenfalls. Gemeinsam gingen sie zurück ins Wohnzimmer.

»Hast du einen bestimmten Wunsch?«, fragte Lars, als er vor dem großen Regal stand, in dem gefühlt tausend DVDs und Blue-Rays standen. »Nö, such einfach was aus«, antwortete Moritz achselzuckend und machte es sich auf der Couch bequem. Er legte das Eispack auf den Tisch und besah sich seine Hand. Die Schwellung ging zurück, aber die blauen Flecken würden ihn wohl definitiv noch eine Weile daran erinnern.

Wortlos zog Lars eine DVD aus dem Regal und legte sie ein. Dann kam er zu Moritz, setzte sich und zog ihn zu sich heran.

Wohlig kuschelte Moritz sich in Lars' Arm. Am liebsten wollte er nie mehr aufstehen. »Welchen Film hast du ausgesucht?«, fragte er leise und unterdrückte ein Gähnen. »Lass dich überraschen!«, antwortete Lars und Moritz hörte ein Grinsen in seiner Stimme. Was das zu bedeutet hatte, war Moritz nicht klar, es interessierte ihn aber gerade auch nicht.

Langsam drehte er sich ein bisschen in Lars' Arm, um seinen linken Arm um dessen Oberkörper zu schlingen. Behutsam legte Lars seine Hand auf Moritz' Unterarm und streichelte sanft mit dem Daumen darüber. So ließ es sich aushalten. Lars startete den Film und als nach wenigen Sekunden der Startbildschirm der DVD erschien, konnte er sein Lachen offenbar nicht mehr zurückhalten und prustete los. Die Vibrationen in Lars' Oberkörper übertrugen sich auf Moritz, der daraufhin – und wegen der Filmwahl – die Augen verdrehte.

»Das Ohnsorg-Theater, dein scheiß Ernst?«, fragte er, musste aber selbst lachen. So eine bescheuerte Auswahl sah Lars ähnlich. »Absolut! Und, damit du noch was lernst, op platt!«, erklärte er im Brustton der Überzeugung.

»Na, von mir aus. Solang ich hier liegen bleiben darf«, sagte Moritz und kuschelte sich noch enger an Lars.

»Du darfst nicht nur, du musst sogar«, antwortete Lars und drückte auf Play.

Hätte Moritz später jemand gefragt, worum es in dem Stück gegangen war oder wie welcher Charakter geheißen hatte, Moritz hätte es ihm nicht sagen können. Viel zu sehr war er damit beschäftigt, dem ruhigen Herzschlag von Lars zu lauschen und sich über die Gänsehaut zu freuen, die entstand, wenn er mit den Fingern der lädierten linken Hand über Lars' Seite strich.

»Das kitzelt«, murmelte Lars irgendwann mit rauer Stimme.

»Sorry«, antwortete Moritz flüsternd und zog die Hand ein Stück zurück, sodass er beim Streicheln mehr den Bauch und Brustkorb erwischte. Dass Lars kitzelig war, würde er sich definitiv merken.

Auch Lars schien die kuschlige Situation zu genießen und nicht sonderlich auf die DVD zu achten. Er streichelte sowohl Moritz' linken Unterarm als auch seine Schulter und seinen Nacken. Von Zeit zu Zeit seufzte Moritz wohlig. Die Berührungen fühlten sich wahnsinnig gut an. Moritz schloss die Augen.

Er musste eingeschlafen sein, denn plötzlich spürte er einen etwas festeren Griff an seiner Schulter. »Moritz, du kannst aufwachen, der Film ist zu Ende«, flüsterte Lars sehr nah an seinem Ohr. Moritz blinzelte. Er lag immer noch in Lars' Arm auf der Couch.

»Ups«, machte er verlegen und versuchte, sich aufzurichten. Doch Lars hielt ihn sanft fest.

»Guten Morgen, Schlafmütze. Ich versteh' schon, der Film war langweilig. Nächstes Mal suchst du einen aus!«, meinte Lars, klang aber kein Stück beleidigt.

»Deal!«, antwortete Moritz. Dann wand' er sich dennoch aus Lars' Griff. »Ich muss mal was trinken«, entschuldigte er sich, als er Lars' skeptischen Blick sah.

Er ging in die Küche und holte eine Flasche Wasser aus dem Kühlschrank. *Krass, wie sehr ich mich hier jetzt schon zu Hause fühle. Ich bin doch erst einen Tag hier …*, dachte er, während er zurück ins Wohnzimmer ging. Lars saß immer noch auf der Couch, er schien sich nicht bewegt zu haben. Moritz grinste, als er zurückkam. Schnell kletterte er wieder zu Lars.

»Da bist du ja wieder«, flüsterte Lars und drückte Moritz an sich.

»Ich war kaum zwei Minuten weg!«

»Zwei Minuten, die mir wie eine Ewigkeit vorkamen!«

»Jetzt wirst du kitschig.«

»Gern geschehen!«

Lars drückte Moritz einen Kuss auf die Wange. Innerlich kam Moritz sich wie ein Teenager vor, der das erste Mal verliebt ist. Er hätte die ganze Zeit kichern können. Wahrscheinlich machte er auch schon wieder Werbung für–

»Mein Rotbäckchen!«, stellte Lars fest. Moritz bekam eine Gänsehaut, als er das Wort mit der plötzlich so liebevollen Bedeutung hörte. War ja klar gewesen.

»Damit wirst du in Zukunft häufiger klarkommen müssen«, erwiderte Moritz und wandte sein Gesicht Lars zu.

»Nichts lieber als das«, murmelte Lars grinsend. Moritz hatte das Gefühl, dass Lars seit Stunden nichts anderes tat als zu grinsen. Und dass sich daran auch so bald nichts ändern würde.

Die nächsten Stunden verbrachten sie damit, sich zu küssen. Zu kuscheln. Keinen Gedanken an den Abschied zu verschwenden. Überhaupt keinen Gedanken an die Zukunft zu verschwenden.

***

Irgendwann wurde es dunkel. »Sollen wir vielleicht langsam mal Richtung Bett …?«, fragte Lars zwischen zwei Küssen. Moritz sah ihn an. Sein Gesichtsausdruck schien Bände zu sprechen, denn sofort ruderte Lars zurück.

»Nicht *dafür*, nur, weil das Bett größer und bequemer ist als die Couch!«, rief er aus.

Moritz nickte, bekam den Gedanken *daran* jedoch nicht aus dem Kopf. Er folgte Lars ins Schlafzimmer und sie machten da weiter, wo sie auf der Couch aufgehört hatten. Doch so ganz zu 100 Prozent war Moritz nicht mehr bei der Sache.

Will er das? Will ich das? Jetzt schon? Es ist doch alles noch so frisch. Und ich hab' doch keine Ahnung … mir geht das zu schnell. Ich muss ihm sagen, dass wir es langsam angehen lassen müssen. Dass diese ganze körperliche Seite mir noch so fremd ist!

Jedes Mal, wenn Moritz etwas sagen wollte, lenkte Lars ihn mit Küssen ab. *Dann halt morgen*, dachte Moritz sich irgendwann und genoss die Berührungen und Küsse wieder. *Morgen ist schließlich auch noch ein Tag.*

Nach einer Weile landete Moritz' T-Shirt auf dem Boden, dicht gefolgt von Lars'. Als Lars mit den Fingerspitzen über Moritz' Brustkorb strich, bekam Moritz eine Gänsehaut. Als Moritz Lars einen Kuss in die Halsbeuge gab, seufzte Lars.

»Wir lassen es ganz langsam angehen«, flüsterte Lars plötzlich und lenkte das Thema so doch auf Moritz' Gedanken. Er legte seine Hand auf Moritz' Bauch ab. Sie lagen nebeneinander, Lars auf der Seite und Moritz auf dem Rücken. Moritz sah ihn an, er lächelte und wirkte tiefenentspannt.

»Äh, danke«, stotterte Moritz. »Also... ich mein... mir ist das alles noch so fremd.« Er hatte keine Ahnung, wie er seine Gefühle und Sorgen in Worte fassen sollte. Lars lachte ein kleines, kehliges Lachen.

»Na, meinst du, mir nicht? Deswegen ja. Ganz in Ruhe. Ganz langsam«, erklärte er und strich Moritz einige Haarsträhnen aus der Stirn.

Moritz schlang die Arme um Lars und küsste ihn. Küsste seinen Freund. »Danke«, keuchte er. Lars erwiderte die leidenschaftlichen Küsse. Kraulte Moritz' Nacken, sodass ihm ein kleines Seufzen entfuhr.

Lars kicherte. »Da nicht für, mein Kleiner.«

KAPITEL 15

Nach dem stressigen und anstrengenden Samstag verbrachten Lars und Moritz den Sonntag fast nur im Bett. Sie schliefen lang, frühstückten ausgiebig und nutzten die restliche Zeit dazu, ihre Zweisamkeit zu genießen. Irgendwann war Moritz eingeschlafen.

Wie kann dieser Junge nur so unfassbar viel schlafen?, fragte Lars sich und stand dann heimlich auf. Er schlich ins Wohnzimmer, weil er noch eine Kleinigkeit vorhatte.

Einige Minuten später hörte er Moritz' schläfrige Stimme. »Lars? Alles klar?«
Mist, dachte Lars. Er war noch nicht fertig gewesen.
»Äh, ja klar! Bin sofort da! Ich wollte nur schnell was zu trinken holen«, antwortete er laut und hoffte, dass Moritz den hektischen Unterton in seiner Stimme nicht wahrnahm. Schnell schloss er alle Browserfenster auf seinem Handy, dann ging er in die Küche und nahm eine Flasche Wasser aus dem Kühlschrank. Mit dieser kehrte er zu Moritz zurück. Der saß im Bett und rieb sich verschlafen die Augen.
»Du kannst doch nicht einfach so abhauen!«, warf er Lars vor. »Hätte ich verdursten sollen?«, fragte Lars und hielt die Flasche in die Höhe. Moritz verzog den Mund. »Siehst du. Und jetzt rutsch mal ein Stück, du beanspruchst ja das ganze Bett für dich!«
Widerwillig machte Moritz Platz und ließ Lars zu sich ins Bett. Nach einer Weile döste Moritz wieder weg. Diese

Zeit nutzte Lars, um seine Überraschung zu Ende vorzubereiten. Dieses Mal verließ er das Bett dafür nicht.

***

Der Montag brach grau und trübe an. Lars erwachte früh, Moritz schlief selbstverständlich noch. Also nutzte Lars die freie Zeit, um noch ein paar Dinge für seine Überraschung vorzubereiten. Dann kochte er Kaffee, buk Brötchen auf und bereitete auf einem Tablett ein klassisches Sonntagsfrühstück vor. So konnten sie in aller Ruhe im Bett frühstücken, bevor sie sich später auf den Weg zum Bahnhof machen mussten.

»Guten Morgen, Schlafmütze«, weckte Lars Moritz schließlich. Das Tablett hatte er auf dem Boden abgestellt, sodass er die Hände frei hatte. Er berührte Moritz sanft an der Schulter. Der gähnte herzhaft. »Morgen«, nuschelte er verschlafen und setzte seine Brille auf.

»Ich hab' Frühstück gemacht«, erklärte Lars nicht ohne Stolz und hob das Tablett hoch. Moritz' Miene hellte sich auf.

»Super, danke. Wie spät ist es?«

»Gleich zehn. Ich dachte, wir frühstücken noch in Ruhe und dann kannst du packen und ich fahr' dich zum Bahnhof.«

Moritz griff nach einer Tasse Kaffee. »Du brauchst mich aber doch nicht fahren!«

»Jetzt erzähl keinen Quatsch. Natürlich fahr' ich dich. So kann ich immerhin noch ein bisschen mehr Zeit mit dir verbringen!« Er grinste seinen Freund an und griff dann nach einem Brötchen. Sein Magen knurrte, immerhin war er schon eine ganze Weile wach.

»Nee, im Ernst. Ich kann doch die Bahn nehmen. Kein Problem«, erwiderte Moritz energisch. Lars schnaubte.
»Okay, wir machen einen Kompromiss: Ich bringe dich, aber mit der Bahn.«
»Na gut«, seufzte Moritz und griff nun auch nach den Brötchen, die Lars mitgebracht hatte.

Sie frühstückten ausgiebig und kuschelten dann noch eine Weile im Bett. Irgendwann seufzte Moritz und richtete sich auf. »Ich muss dann wohl wirklich langsam mal packen. Oh, und eine Dusche wär' auch 'ne gute Idee.«
Lars blieb liegen und stützte sich auf seinem Arm ab. »Fühl' dich wie zu Hause. Ich bleib' einfach noch ein bisschen im Bett. Oder soll ich mitkommen unter die Dusche?« Anzüglich hob er die Augenbrauen, obwohl er die Antwort selbstverständlich kannte.
Entschuldigend hob Moritz die Schultern und lächelte unsicher. Lars lächelte. »Keine Sorge. Geh' du mal duschen. Ich warte solange hier.«

Moritz verschwand und Lars atmete durch. Selbstverständlich wollte er Moritz auch auf *diese* Art. Aber er wusste, dass noch nicht der richtige Zeitpunkt gekommen war. Ihm selbst war das ja auch alles noch wahnsinnig fremd. Und bisher lief das Körperliche zwischen ihnen einfach zu gut, um es jetzt zu übereilen. *Entspann dich. Ihr werdet das schon hinbekommen. Und wenn es soweit ist, wird sich alles finden.* Mit diesen Gedanken beruhigte er sich selbst.

Als Moritz schließlich wiederkam, war er zwar bereits angezogen, hatte aber noch nasse Haare.

»Süß«, stellte Lars fest und grinste. Moritz machte einen Knicks und warf sich theatralisch die nicht vorhandene Mähne aus dem Gesicht. Lars prustete los. Wenn Moritz sich benahm wie ein kleines Mädchen, konnte er einfach nicht anders.

Die nächste halbe Stunde sah Lars Moritz dabei zu, wie er in der Wohnung herumrannte und verstreute Kleidungsstücke, Technik und anderen Kram zusammensuchte. Er hatte zwar nur wenige Tage bei Lars übernachtet, aber offenbar hatten die gereicht, um seine Habseligkeiten überall zu verstreuen.

»Scheiße!«, fluchte Moritz und warf ein T-Shirt in den Koffer. »Wo ist das verdammte Ladekabel vom Laptop?« Noch bevor Lars antworten konnte, war er wieder aus dem Zimmer gelaufen. Lars schüttelte den Kopf. Er kannte dieses Verhalten von sich selbst und wusste, dass gutes Zureden in dem Fall sowieso nicht helfen würde. Also wartete er einfach ab.

Schließlich zog auch er sich an, schulterte seinen Rucksack und nahm Moritz' Reisetasche – natürlich unter großem Protest. Dann ging er voran die Treppe herunter. Schweigend liefen sie nebeneinander her zum Pinneberger Bahnhof. Es war nicht weit, Lars kannte eine Abkürzung durch ein Wohngebiet, sodass sie ein wenig zu früh am Gleis ankamen. Sie setzten sich nebeneinander auf eine Bank und Lars verschlang seine Finger mit denen von Moritz.

»Du, Lars? Eine Sache …«, murmelte Moritz plötzlich und räusperte sich. Lars sah ihn an und zog fragend eine Augenbraue hoch. Moritz wirkte angespannt.

»Was denn?«, fragte Lars und hoffte, aufmunternd zu klingen.

»Wir sollten vielleicht in der Öffentlichkeit … Ich meine nur … Also, vielleicht sollten wir uns in der Öffentlichkeit noch nicht *so* zeigen«, erklärte Moritz stotternd und deutete mit dem Kopf auf ihre Hände.

Darüber hatte Lars noch gar nicht nachgedacht. Aber irgendwo hatte Moritz recht. Sie standen beide ein Stück weit in der Öffentlichkeit, immer öfter erkannten junge Leute sie auf der Straße. Wollten sie wirklich so früh schon öffentlich zu ihrer jungen Beziehung stehen? Bevor Lars antworten konnte, fuhr die S-Bahn ein und unterbrach ihr Gespräch. Schnell stiegen sie ein und suchten sich einen ruhigen Sitzplatz.

»Sorry, falls ich dich jetzt damit überrumpelt habe, ich dachte nur —«, begann Moritz, als sie sich gesetzt hatten. Doch Lars schüttelte den Kopf.

»Nein, du hast recht. Das könnte unangenehm werden, immerhin ist das ja alles noch sehr frisch mit uns«, erklärte er nickend. Dankbar drückte Moritz seine Finger.

Die Fahrt nach Hamburg verging wie im Flug, sie unterhielten sich über MyTube, Moritz' Studium und Gott und die Welt. Bald stiegen sie aus und gingen zum Ferngleis, auf dem Moritz' Zug fahren würde. Am Wagenstandanzeiger blieben sie stehen.

»Sag mal, Lars, warum hast du eigentlich einen Rucksack dabei? Der sieht proppenvoll aus!«, bemerkte Moritz plötzlich. Lars war überrascht. Er hätte erwartet, dass Moritz schon viel früher nach seinem Gepäck fragen würde.

Lars, der gerade den Plan studierte, um den Haltepunkt des Waggons zu finden, antwortete nicht. »Lars? Ich hab' dich was gefragt!«, hörte er Moritz hinter sich. Statt zu antworten deutete er mit dem Kopf in Richtung Gleisabschnitt A. Moritz nickte ergeben und folgte ihm.
Sie kamen an einer Bank an und Moritz blieb stehen. »Also?«, fragte er und hatte wieder diesen fordernden Ton in der Stimme.

Lars seufzte. »Ich hab' dich schon beim ersten Mal gehört. Da drin sind ein paar Sachen. Ich komme mit.« Triumphierend blickte er Moritz an, aus dessen Gesicht alle Farbe gewichen war.

KAPITEL 16

»Was?!«, keuchte Moritz. Lars hatte fröhlich, sogar stolz geklungen. Moritz konnte es kaum fassen. Machte er sonst oft genug Werbung für Rotbäckchen, so war er in diesem Augenblick das absolute Gegenteil. Er merkte, wie er kreidebleich wurde und ihm die Ohren klingelten. Als er sah, dass Lars ihn irritiert und sogar ein wenig verletzt ansah, versuchte er, sich zu konzentrieren. Schnell kniff er die Augen zusammen, einmal, ein zweites Mal, um einen klaren Gedanken fassen zu können. Moritz merkte, wie ihm schwindlig wurde, also ließ er sich auf die Bank fallen. Lars wollte mitfahren? War das sein Ernst? *Scheiße, scheiße, scheiße*, schrie es in Moritz' Gehirn, unfähig, einen klaren Gedanken zu fassen.

»Naja«, versuchte Lars, sich zu erklären. »Ich dachte, du freust dich, wenn wir noch ein paar Tage zusammen verbringen können. Und weil ich doch sowieso die kommende Woche frei habe, hab' ich gestern spontan auch ein Ticket gebucht … Es sollte eine Überraschung werden.« Bei den letzten Worten war er immer leiser geworden und dann ganz verstummt.
Moritz nickte langsam. *Na, die Überraschung ist dir gelungen, dachte er.* Und er verstand Lars' Gefühle. Immerhin wollte er doch auch am liebsten jede freie Minute mit ihm verbringen! Aber das kam jetzt doch irgendwie sehr plötzlich. Letzte Woche war er noch ein glücklicher, heterosexueller Single gewesen. Jetzt, eine Woche später, war er zwar immer noch glücklich – wenn nicht sogar noch glücklicher –, aber definitiv weder hetero noch Single.

Und was sollte er bloß seinen Eltern sagen? *»Hey Mama, Papa, das ist Lars, mein Freund!«*, spielte er das Coming-Out in Gedanken durch. Oder sollte er lügen und behaupten, sie wären nur Kumpels? Moritz' Gedanken drehten sich im Kreis.

Am liebsten hätte er Lars gefragt, ob er komplett bescheuert geworden sei. Obwohl diese Reaktion völlig überzogen war, erschien sie Moritz äußerst verlockend.

Ich weiß doch so schon nicht, wie ich das meinen Eltern erklären soll ... Und jetzt kommt Lars auch noch mit ... Das wird die ganze Geschichte echt nicht einfacher machen ... Scheiße. Aber ich kann ihm das doch auch nicht so sagen. Was mach' ich jetzt bloß?

»Hey, Moritz? Ist alles okay? Soll ich lieber hier bleiben?«, fragte Lars plötzlich verunsichert. Er hatte ihm eine Hand auf die Schulter gelegt. Langsam blinzelte Moritz, sah auf Lars' Hand und dann wieder in sein Gesicht. Als hätte er einen elektrischen Schlag bekommen, nahm Lars die Hand weg. »Moritz, sag mal bitte was!«

»Äh, ja, also nein, also —« Moritz atmete einmal durch. »Lars, du hast nicht vergessen, dass ich noch bei meinen Eltern wohne, oder? Ich meine, irgendwas müssen wir denen sagen. Und irgendeine Kumpel-Geschichte werden sie mir wohl kaum abkaufen!«

Jetzt war es Lars, der die Augen aufgerissen hatte. *Bingo!*, dachte Moritz. *Daran hat der werte Herr natürlich nicht gedacht. Und ich darf mir jetzt überlegen, wie ich meinen Eltern erkläre, dass ich plötzlich einen Freund habe.*

»Sorry«, murmelte Lars und ließ sich ebenfalls auf die Bank sinken. Moritz konnte nichts erwidern. Was hätte er auch sagen sollen?

»Also bleib' ich am besten hier«, fuhr Lars fort. Er klang wahnsinnig traurig. Sofort tat er Moritz leid.

»Lars, ich möchte so gern, dass du mitkommst!«, erklärte er und sah seinem Freund in die Augen. Lars' Miene hellte sich schlagartig auf. »Aber —« Wieder ließ er die Schultern hängen.

»Lars, das mit meinen Eltern ist nicht so einfach.«

Lars machte eine wegwerfende Handbewegung. »Ach, das kriegen wir schon hin«, tat er Moritz' Bedenken in seiner typischen Art ab. Moritz seufzte. Er hoffte, dass es so einfach werden würde. Sicher war er sich nicht.

»Na gut, komm mit. Aber auf eigene Gefahr!«, erklärte er, während ihr Zug einfuhr.

Sie stiegen ein und setzten sich einander gegenüber. »Ach, hallöchen! Schön, dich zu sehen!«, hörte Moritz plötzlich eine bekannte Frauenstimme. *Verdammt*, dachte er.

»Hi«, sagte er und blickte die Zugbegleiterin an.

»Und täglich grüßt das Murmeltier, was? Wie geht's, alles klar?« Sie kam näher und grinste ihn breit an.

»Danke der Nachfrage, ja!«, erklärte er und lächelte sie zum allerersten Mal an. Er konnte einfach nicht anders.

»Super. Ich komm gleich nochmal, dein Ticket kontrollieren. Bis dann!« Sie winkte ihm kurz zu, dann verließ sie den Waggon.

»Wer war das denn?«, fragte Lars. Moritz sah ihn an, er hatte eine Augenbraue hochgezogen und sah der Zugbegleiterin nach.

»Äh«, machte Moritz. Plötzlich fiel ihm auf, dass er ihren Namen gar nicht kannte. »Die hab' ich letzten Sonntag und diesen Freitag auch schon gesehen«, erklärte er umständlich. Lars nickte.

»Ah, okay. Ich glaub', sie steht auf dich«, stellte Lars fest und grinste Moritz an.

Moritz merkte, wie ihm wieder die Röte in die Wangen kroch. Er machte eine wegwerfende Handbewegung.

»Doch, die flirtet mit dir!«, beharrte Lars und grinste noch breiter. Moritz' Handflächen wurden feucht vor Schweiß. Immerhin hatte er vor ein paar Tagen genau den gleichen Eindruck von ihr gehabt.

»Ja, vielleicht hast du recht«, murmelte Moritz jetzt und rieb sich die Handflächen an der Hose ab.

»Ist doch niedlich!«

Moritz war überrascht. »Bist du nicht eifersüchtig?«, fragte er.

Lars schüttelte den Kopf, dann lehnte er sich im Sitz zurück. »Nö, ich vertrau dir.«

Auch Moritz lehnte sich nun an. Wieder mal machte sich ein Kribbeln in ihm breit. Es war ein angenehmes Gefühl.

***

Scheiße, wie werden meine Eltern bloß reagieren? Ob ich Mama vorwarnen soll? Aber wenn sie dann mit Papa redet ... Vielleicht lass ich's besser. Wieder drehten sich Moritz' Gedanken im Kreis, während sich der Zug seinem Zuhause näherte. Er hatte keine Ahnung, wie er seinen Eltern einen männlichen, festen Freund erklären sollte.

»Also, was willst du deinen Eltern sagen?«, fragte Lars, als sie nur noch eine Stunde vom Ziel entfernt waren.

»Nicht ich, wir. Na, die Wahrheit. Oder glaubst du, sie kaufen es uns ab, dass du nur ein Kumpel bist, der bei mir pennt? Und wundern sich nicht, wenn du mit mir in einem

Bett schläfst?«, erwiderte Moritz und klang sarkastischer als geplant.

Lars grinste ihn an. »Warum das denn nicht?«

»Stimmt, du hast echt. Das mache ich ja schließlich ständig, Kumpels bei mir im Bett schlafen lassen.« Moritz verdrehte die Augen. Dass Lars aber auch nicht ein einziges Mal ernst bleiben konnte!

»Okay, Spaß beiseite. Also, wir sagen einfach, wie's ist?«, hakte Lars erneut nach. Moritz nickte. Mal ganz abgesehen davon, dass sie ihm eh keine Geschichte glauben würden, wollte er seine Eltern auch wirklich nicht anlügen. Er hatte zwar keine Ahnung, wie ihre Reaktion ausfallen würde, aber es half ja alles nichts.

»Hast du Angst vor der Reaktion deiner Eltern?«, fragte Lars nun leise. Moritz sah ihn an. Sein Blick war eindringlich. Unsicher wiegte Moritz den Kopf hin und her, dann nickte er schließlich.

»Warum denn?«

Moritz verdrehte erneut die Augen. »Möglicherweise, weil du ein Mann bist? Meine Eltern waren eigentlich immer der Auffassung, ich sei hetero. Und eventuell sind sie ein bisschen überrascht, wenn ich ihnen aus heiterem Himmel eröffne, dass dem nicht so ist«, führte er aus.

»Ach, das wird schon!«, meinte Lars noch einmal zuversichtlich. Moritz war sich da nicht so sicher.

Einige Minuten saßen sie schweigend da, Moritz sah aus dem Fenster. Er dachte über die Mädels nach, die er bisher mit nach Hause gebracht hatte. Sie alle waren von seinen Eltern gut aufgenommen worden. Würde es mit Lars genauso werden? Plötzlich unterbrach sein Handy seine Gedanken. Eine Nachricht seiner Mutter.

Ich hole dich vom Zug ab! Bis später, Mama.

»Oh shit!«, seufzte er und warf den Kopf gegen die Rückenlehne.

»Was ist?«, fragte Lars und sah ihn stirnrunzelnd an.

»Meine Mutter holt mich, also uns, nachher ab. Obwohl ich gesagt hab, dass ich mich melde. Und sie weiß ja noch gar nicht, dass ich nicht allein bin. Ich muss sie vorwarnen.«

Lars nickte. »Ist doch kein Problem. Schreib' ihr einfach, dass ich mitkomme. Den Rest können wir ja dann besprechen, wenn wir da sind.«

Ob das wirklich gar kein Problem war? Moritz war sich nicht sicher. Da er keine bessere Idee hatte, wandte er sich dennoch seinem Handy zu.

Cool, danke. Ich bringe übrigens Lars mit! Bis später.

Dann schaltete er sein Handy in den Flugmodus, um keine weiteren Nachrichten zu bekommen. Er hatte keine Lust, ihr alles per Handy erklären zu müssen.

***

»Hey, wir sind bald da, deshalb wollte ich mich nochmal persönlich von dir verabschieden!« Die überfreundliche Zugbegleiterin war wieder da und grinste ihn breit an. Lars hatte sie den Rücken zugewandt.

»Das ist aber nett«, erwiderte Lars und zwinkerte Moritz zu. Ihr Lächeln gefror ihr auf dem Gesicht, während sie sich langsam umdrehte. Lars ergriff Moritz' Hand, die auf dem Tisch lag.

»Sorry, aber ich meinte den jungen Mann hier«, erklärte sie dann höflich. Ihre Stimmte verriet, dass sie am liebsten wirklich überhaupt nicht mit Lars sprechen wollte.

»Das habe ich mir schon gedacht, so, wie du mir den Rücken zugedreht hast. Da ich aber die Begleitung vom „jungen Mann" bin, war ich so frei, zu antworten.« Lars betonte den „jungen Mann" ganz besonders.

Moritz verdrehte die Augen, konnte sich ein Grinsen aber nicht verbeißen.

»Oh«, machte die Zugbegleiterin überrascht, dann blickte sie zuerst auf die ineinander verschlungenen Hände, dann wieder zu Lars und schließlich von Lars zu Moritz. Ihre Augen weiteten sich.

»Deine … deine Begleitung?«, fragte sie und ruckte mit dem Kopf zu Lars. »Das war also dein geheimnisvoller Termin in Hamburg?« Sie wirkte nun gar nicht mehr fröhlich oder überschwänglich.

Moritz nickte. Schon tat sie ihm leid. »So ähnlich, ja. Du wirst uns in nächster Zeit auf jeden Fall öfter in deinen Zügen sehen!«

»Okay, ähm, wow. Das wird sicher toll.« Sie klang, als hätte sie auf eine Zitrone gebissen.

»Hat mich sehr gefreut!«, mischte Lars sich mit lauter Stimme wieder in das Gespräch ein.

»Äh, klar, mich auch. Äh, ja, äh, dann, tschüss. Vielleicht sieht man sich ja mal.« Sie schien hochgradig verwirrt.

»Ja, bestimmt. Ciao!«, antwortete Moritz und stand auf.

Noch ehe sie ihr Gepäck geschultert hatten, war die Zugbegleiterin verschwunden.

»Dein geheimnisvoller Termin?«, fragte Lars nun neugierig. Moritz nickte.

»Als ich Freitag zu dir gefahren bin, wusste ich doch nicht, was mich erwartet. Und ich wollte ihr echt nicht mein Herz ausschütten, deshalb bin ich sehr vage geblieben.«

»Ach so. Alles klar. Na dann, wollen wir mal.«

KAPITEL 17

Während sie aus dem Zug stiegen, überfiel Lars wieder das schlechte Gewissen. Er hatte wirklich nicht darüber nachgedacht, was sie Moritz' Eltern sagen würden.

»Aufgeregt?«, murmelte er, während sie sich durch das Gedränge am Bahnhof schoben.

»Frag nicht«, antwortete Moritz. Er hätte schon wieder Werbung für Rotbäckchen machen können, so sehr glühte sein Gesicht. Lars sah, wie er die Schultern straffte und zügigen Schrittes durch die Bahnhofshalle in Richtung Parkplatz ging. Schnell folgte er seinem Freund, um mit ihm Schritt zu halten. Den Wunsch, Moritz' Hand zu nehmen, unterdrückte er.

Der Parkplatz war relativ voll mit Autos. Lars kannte weder das Auto von Moritz' Eltern noch wusste er, wie Moritz' Mutter aussah. Am hinteren Ende des Parkplatzes stand allerdings eine Frau, die eindeutig die gleiche Haarfarbe wie Moritz hatte. Außerdem trug sie ebenfalls eine Brille. Als sie Moritz und Lars erblickte, winkte sie fröhlich. Aus dem Augenwinkel sah Lars, dass Moritz sich zu einem Lächeln zwang, ehe er in ihre Richtung losging.

»Hallo Mama«, sagte Moritz und Lars konnte eine Spur Nervosität aus seiner Stimme heraushören. Ihm war eins klar: Wenn er es hörte, würde Moritz' Mutter es auch hören.

Moritz gab seiner Mutter einen Kuss auf die Wange, dann wandte er sich zu Lars. »Und das ist -« Doch sie unterbrach ihn.

»Du musst Lars sein! Ich bin Andrea, Moritz' Mutter. Freut mich, dich endlich mal persönlich kennenzulernen! Moritz schwärmt ja immer so von dir!«, erzählte sie überschwänglich und gab Lars die Hand.

»Ja, hallo. Mich freut es auch, sie kennenzulernen«, antwortete Lars höflich und nickte.

»Ach, lass bloß das förmliche Sie!« Immer noch lächelnd wandte sie sich um und öffnete den Kofferraum des Autos. Hinter Andreas Rücken sah Lars Moritz feixend an. Moritz schwärmte also von ihm, ja? Das schmeichelte Lars, aber jetzt war garantiert nicht der richtige Zeitpunkt, um darüber nachzudenken.

»Stellt eure Sachen einfach da ab«, erklärte sie und wollte schon zur Fahrertür weitergehen, als Moritz sich räusperte. Lars erschrak. Wollte Moritz etwa jetzt mit seiner Mutter sprechen? Es sah ganz danach aus.

»Ähm, Mama?«, fragte Moritz behutsam. Sie drehte sich um. »Ja?«

Wieder räusperte Moritz sich. Hilfesuchend sah er zu Lars. Auch Andrea sah nun Lars an, sie hatte die Augenbrauen hochgezogen. Mist, sollte er jetzt einfach die Initiative ergreifen? So ganz wohl war ihm dabei nicht. Moritz' Blick wurde flehend, deshalb räusperte nun er sich.

»Also, Andrea, folgendes«, begann er. Moritz schien sich zu entspannen, während Andrea ihn neugierig ansah.

»Du weißt ja, dass Moritz und ich schon länger befreundet sind. Aber seitdem er in Hamburg und dann jetzt bei mir in Pinneberg war… Andrea, es ist so: Moritz und ich sind ein Paar.« Jetzt war es raus. Lars merkte, wie Moritz die Luft anhielt, und auch er war sich nicht sicher, ob die „Mit dem Kopf durch die Wand"-Methode eine gute Idee gewesen war.

Mit großen Augen sah Moritz' Mutter nun von einem zum anderen. »Was?«, fragte sie. Sie schien völlig verwirrt. »Ein Paar, Mama. Wir sind zusammen«, erklärte Moritz jetzt. Sie schüttelte kurz den Kopf.

»Wa- seit wann?«, wollte sie dann wissen.

»Seit dem vergangenen Wochenende«, antwortete Moritz kleinlaut.

»Ach, deshalb bist du nochmal hochgefahren?« Moritz nickte.

»Das war im Prinzip meine Schuld«, mischte Lars sich nochmal ein. Er wollte nicht, dass Andrea sauer auf ihren Sohn wurde. »Wir mussten das irgendwie für uns klären und haben das letzte Woche irgendwie nicht hinbekommen und per Handy ging's irgendwie auch nicht.«

Andrea nickte. »Ich verstehe … Aber Moritz, wie willst du das Papa erklären?«

Jetzt war es Lars, der verwirrt zwischen den anderen beiden hin und her sah. Was war das Problem mit Moritz' Vater?

»Moritz' Vater ist nicht homophob«, beeilte Andrea sich, zu sagen. »Er ist nur ein absoluter Familienmensch und wünscht sich so gern Enkelkinder … Und naja. Er ist halt eher konservativ.«

Also homophob, erwiderte Lars in Gedanken. Dann verurteilte er sich, weil er so schlecht von Moritz' Vater dachte, ohne den Mann überhaupt zu kennen.

»Keine Ahnung«, erwiderte Moritz jetzt und rieb sich unbehaglich den Nacken. »Wollen wir erstmal nach Hause fahren?«

Andrea nickte und stieg in den Wagen ein. Gerade wollte Moritz um das Auto herumgehen, da hielt Lars ihn zurück. »Ganz ruhig, Moritz. Entspann dich«, flüsterte er und strich sanft über Moritz' Rücken. Moritz sah ihn dankbar an, nickte und ging dann um das Auto herum zur Beifahrertür. Seufzend stieg auch Lars ein. Langsam wurde selbst ihm, dem ewigen Optimisten, mulmig bei dem Gedanken an das Gespräch mit Moritz' Vater.

Die Fahrt vom Essener Hauptbahnhof zu Moritz nach Hause dauerte eine Weile – jedoch nicht so lang wie die Fahrt von Hamburg nach Pinneberg. Moritz und seine Mutter auf den vorderen Sitzen unterhielten sich tuschelnd, während Lars angestrengt aus dem Fenster sah und versuchte, wegzuhören. Ihm war aufgefallen, wie wenig Andrea sich für sie gefreut hatte. *Ach, vielleicht muss sie das auch erstmal verdauen. Das ist ja doch eine große Veränderung. Mach dich jetzt nicht verrückt*, dachte Lars bei sich.

Als sie angekommen waren, streckte Lars sich. Er merkte, wie er langsam wirklich müde wurde. Es war ein langer Tag gewesen und Reisen schlauchten ihn sowieso immer. Er nahm seine Tasche aus dem Kofferraum und folgte Moritz und Andrea ins Haus. Sie sprachen nicht, aber Lars merkte, wie angespannt die Stimmung war.

An der Wohnung angekommen, schloss Andrea die Tür auf und trat als Erste ein. »Wir sind wieder da!«, rief sie durch die Wohnung. Während Lars und Moritz die Schuhe auszogen, kam ein Mann mittleren Alters durch den Flur. Er hatte die gleiche Nase wie Moritz, das sah Lars sofort. Innerlich musste er lachen. Moritz war wirklich die perfekte Mischung aus seinen Eltern.

»Ich hätte mich auch gewundert, wenn jemand anders auf einmal 'nen Schlüssel hätte!«, erklärte Moritz' Vater grinsend. Er gab seiner Frau einen Kuss und begrüßte dann Moritz. »Hey Papa«, murmelte Moritz und wirkte schon verlegen, obwohl noch gar nichts passiert war.

»Ah, hallo Lars! Schön, dich kennenzulernen. Ich bin Jürgen. Und bitte, kein förmliches Sie! So viel älter als du bin ich ja nicht!« Mit diesen Worten hatte er sich umgewandt und Lars die Hand geschüttelt. »Okay, gerne«, antwortete Lars und war völlig überrumpelt. Vor allem die Aussage zu seinem Alter war ihm etwas unangenehm. »Äh, wollen wir vielleicht noch ein bisschen ins Wohnzimmer gehen?«, mischte Andrea sich eilig in die Unterhaltung ein. Schnellen Schrittes ging sie, ohne auch nur eine Antwort abzuwarten, den Flur entlang. Jürgen sah Moritz mit hochgezogenen Brauen an und folgte dann seiner Frau. Lars wollte schon hinterher, doch Moritz hielt ihn am Handgelenk zurück. »Lass mich das machen, bitte«, flüsterte er eindringlich. »Nichts lieber als das«, erwiderte Lars leise. *Die Kopf-Wand-Methode von Andrea soll hier wohl nicht zur Anwendung kommen*, dachte Lars. Endlich folgten sie Moritz' Eltern.

Beide saßen auf der Couch, Andrea kreidebleich, Jürgen sichtlich verwirrt. »Was ist denn los? Ihr guckt, als wäre jemand gestorben!«, stellte Jürgen fest. Moritz räusperte sich.

»Äh, Jürgen, Moritz wollte dir noch was erzählen«, erklärte Andrea mit rauer Stimme. Lars hatte den Eindruck, dass keiner so richtig wusste, wie die Sache anzupacken war.

»So, was denn?«, fragte Jürgen und sah seinen Sohn offen an. *Er wirkt überhaupt nicht wie jemand, der ein Problem mit einem schwulen Sohn hätte*, stellte Lars fest. Dann begann Moritz, zu sprechen.

»Also, Papa. Es ist so. Lars und ich, naja. Wir –« Weiter kam er nicht, denn der Gesichtsausdruck seines Vaters verzog sich fast augenblicklich. Hatte er zunächst freundlich-neugierig gewirkt, so sah er jetzt verwirrt bis ungeduldig aus.

»Jetzt sag nicht, ihr seid schwul?!«, fragte er und wurde fast automatisch lauter.

»Äh, nein, äh, also, doch, also.« Moritz schienen die Worte zu fehlen, er schien nicht mehr zu einer vernünftigen Antwort in der Lage. Gleichzeitig schien Jürgen aber dringend eine zu erwarten. Ungeduldig sah er seinen Sohn an. *Aha, daher hat Moritz das mit den roten Wangen*, dachte Lars unwillkürlich.

»Keine Ahnung, ob wir schwul sind. Aber wir sind ein Paar«, grätschte er nun in die Unterhaltung. Jürgens Blick wechselte von Ungeduld und Abneigung zu blanker Wut. »Bitte was?! Das ist doch wohl nicht euer Ernst!«, rief er aus.

»Jürgen, bitte. Beruhige dich«, flüsterte Andrea und legte ihrem Mann eine Hand auf den Unterarm. Unwirsch schüttelte er sie ab. »Du findest das doch wohl nicht wirklich gut?!«, fauchte er und sah nun zu seiner Frau. Unter Jürgens Blick wurde Andrea merklich kleiner.

»Papa, das mit Lars und mir … wo ist denn das Problem?«, fragte Moritz und hatte offensichtlich seinen Mut wiedergefunden.

»Dass ihr zwei Männer seid, das ist das Problem! Und außerdem ist Lars wie viele Jahre älter als du? Er könnte dein Vater sein!«, erklärte Jürgen aufgebracht.

»Nicht ganz«, sagte Lars und war selbst überrascht, wie ruhig seine Stimme klang. Jürgen sah ihn an, die Augen zu Schlitzen verengt. »Was?«, zischte er.

»Ich könnte nicht Moritz' Vater sein. Ich bin dreizehn Jahre älter. Da müsste ich schon sehr früh angefangen haben, wenn Moritz mein Sohn sein sollte.«

Lars konnte hören, wie Moritz erschrocken einatmete. Dann herrschte Stille. Sowohl Moritz als auch Andrea schienen die Luft anzuhalten. Jürgens Blick ruhte einen langen Augenblick auf Lars.

»Soso, dreizehn Jahre also. Dann ist das natürlich alles ganz anders. Halb so wild. Sind ja nur dreizehn Jahre«, erklärte Jürgen leise. Lars entspannte sich. War der Ausbruch jetzt vorüber?

»Und was ist mit Enkeln für mich?«, fragte er dann an seinen Sohn gewandt.

»Äh, Papa, wir sind erst ein paar Tage zusammen. Mal ganz mit der Ruhe jetzt.«

»Naja, okay. Ein paar Tage also. Dreizehn Jahre. Okay. Dann mal gute Nacht. Ich muss morgen früh raus, wegen der Arbeit. Ich wünsch' euch was!« Mit diesen Worten stand Moritz' Vater auf und verschwand aus dem Wohnzimmer.

Lars hörte, wie Moritz seufzte, und sah zu ihm. Er wirkte bedrückt. Auch Andrea sah nicht glücklich aus. »Was ist denn los? War doch gar nicht so wild!«, sagte er und sah von einer zum anderen.

»Abwarten«, erwiderte Andrea und fuhr sich mit einer Hand durch die Haare. »Ich geh auch mal ins Bett. Gute Nacht, Jungs. Wir sehen uns morgen früh.«

»Irgendwie war das zu einfach«, erklärte Moritz, als auch Andrea das Wohnzimmer verlassen hatte. »Aber wer weiß. Vielleicht haben wir Glück … vielleicht kommt aber auch noch was.« Moritz zuckte mit den Achseln. Dann deutete er in Richtung Flur.

»Ab ins Bett?«, fragte er.

Lars spürte, wie die Müdigkeit wieder von ihm Besitz ergriff. Während des Gesprächs mit Moritz' Vater war er fit gewesen, doch nun wollte er wirklich nur noch ins Bett. Dankbar nickte er und folgte Moritz zu seinem Zimmer.

***

Sie lagen eng aneinander gekuschelt in Moritz' Bett. Der Mond malte durch die Jalousien kleine Muster an die Decke. Wenn ein Auto vorbeifuhr, flackerten die Bilder und veränderten sich. Lars beobachtete die Decke und dachte an das Gespräch von vor wenigen Minuten.

»Glaubst du wirklich, dass da noch was kommt von deinem Vater?«, murmelte Lars, kurz davor, einzuschlafen.

»Keine Ahnung. Ich bin schon überrascht, wie schnell er plötzlich eingelenkt hat. Vielleicht wartet er auch nur, bis du wieder weg bist, bevor der große Sturm kommt. Ich kann's dir wirklich nicht sagen«, antwortete Moritz ebenfalls im Flüsterton. Lars zog ihn näher an sich und gähnte.

»Naja, wir werden's sehen«, sagte er noch, bevor er endgültig einschlief.

KAPITEL 18

Die nächsten Tage verbrachten Moritz und Lars damit, viel zu unternehmen. Moritz zeigte seinem Freund seine Heimat und sie genossen das frühlingshafte Wetter. Doch alle Unternehmungen, Zoobesuche und Aktivitäten konnten nicht darüber hinwegtäuschen, dass Moritz nach wie vor nervös war.

Warum war sein Vater plötzlich so entspannt gewesen? Erst ausrasten und dann gar nichts mehr? Moritz konnte sich einfach keinen Reim auf die Situation machen. Lars war da offenbar entspannter. Er kannte seinen Vater aber auch nicht so wie er selbst. Am Samstag saßen sie gemeinsam in einem Park, als Lars das Thema noch einmal ansprach.

»Moritz, was ist los? Du bist die ganze Zeit total merkwürdig. Ist es immer noch wegen deinem Vater?«
Moritz nickte.
»Aber warum? Ja, erst war er wütend. Aber dann hat er doch selbst gesagt, dass es nicht so schlimm ist. Und seitdem sind deine Eltern beide total nett zu mir. Was will man denn mehr?«
Moritz seufzte. Genau das war es ja, was ihm Sorgen machte. Das sagte er Lars auch. »Papa ist sonst nicht so wechselhaft. Von zu Tode betrübt, oder in seinem Fall wütend, zu himmelhochjauchzend in unter fünf Minuten ist nicht seine Art. Deswegen macht mir das Sorgen.«

Lars legte ihm einen Arm um die Schultern. Moritz schmiegte sich in die Umarmung und entspannte endlich die Schultern ein wenig, die er die ganze Zeit hochgezogen hatte. Obwohl sie in der Öffentlichkeit waren, tat ihm die Berührung gut. Er hatte Schiss, dass das dicke Ende noch kommen würde, sobald Lars wieder gen Norden gefahren war.

***

Am Sonntagabend brachte Moritz Lars zum Bahnhof. Viel zu schnell war die gemeinsame Woche vergangen. Ab morgen würde der normale Alltag wieder losgehen: Uni, Arbeit, Videos, das ganze Prozedere. Wie immer gingen sie gemeinsam zum Gleis. Doch dieses Mal würde Moritz danach allein nach Hause fahren.

»Es ist ja nicht für lange«, murmelte Lars und knuffte seinen Freund zärtlich in die Seite. Moritz grinste traurig.

»Ich weiß. Und solange haben wir Skope. Gute Fahrt. Und melde dich, wenn du daheim angekommen bist!«, antwortete er.

»Mach ich.«

Sie küssten sich ein letztes Mal zum Abschied, nur kurz, da um sie herum gefühlt tausend Leute standen, dann wandte Moritz sich um und ging. Bevor er die Treppe nahm, drehte er sich noch einmal um und winkte Lars. Der winkte grinsend zurück, während neben ihm der Zug einfuhr.

In der U-Bahn nach Hause schlug die Sehnsucht zum ersten Mal mit voller Macht zu. Wie konnte man einen Menschen nach so kurzer Zeit nur so doll vermissen? Sie hatten sich jetzt zehn Tage am Stück gesehen, und schon jetzt wünschte Moritz sich nichts sehnlicher als Lars bei sich zu haben. Er war mal wieder so in Gedanken, dass er beinahe seine Haltestellte verpasste. In letzter Sekunde sprang er aus der Bahn. Als sie abfuhr, ärgerte er sich über seine Kitschigkeit. Gab es das Wort überhaupt?

Langsam ging er nach Hause. Er hatte überhaupt keine Lust, wieder allein in seinem Zimmer zu sein und allein in seinem Bett zu schlafen. Während er die dunklen Straßen entlangging, zog er sein Handy hervor, auf dem immer noch die Fotos vom vorletzten Wochenende gespeichert waren. Er löschte einige, die besonders verwackelt waren und auch die meisten, auf denen Lars nicht zu sehen war. Schließlich kam er beim Kuss-Foto an. Er seufzte. *Scheiße, wie kann es sein, dass man sich innerhalb von zwei Wochen so verliebt?*, fragte er sich. Er war doch eigentlich kein gefühlsduseliger Typ!

Als er sein Wohnhaus erreichte, stellte Moritz fest, dass im Wohnzimmer noch Licht brannte. Waren seine Eltern etwa noch wach? Warteten sie auf ihn? Er hatte überhaupt keine Lust auf eine Unterhaltung. So leise wie möglich schloss er die Wohnungstür auf. Tatsächlich, er hörte sie leise im Wohnzimmer reden. Kurz überlegte er, ob er einfach wortlos in sein Zimmer verschwinden sollte. Dann besann er sich und rief ein kurzes »bin wieder da!« in Richtung Wohnzimmer. Noch ehe er die Schuhe ausgezogen hatte, stand sein Vater im Flur.
»Kommst du mal kurz ins Wohnzimmer? Deine Mutter und ich möchten mit dir reden.«
Mist, dachte er. Er hatte ja erwartet, dass das dicke Ende noch kommen würde. So einen strengen Ton hatte sein Vater zuletzt vor fünf Jahren angeschlagen. Und da war Moritz noch minderjährig gewesen! Seufzend ergab sich

Moritz seinem Schicksal und folgte seinem Vater mit hängenden Schultern ins Wohnzimmer.

Seine Mutter saß auf ihrem üblichen Platz auf dem Sofa und knetete ihre Hände. Moritz ahnte, wie unangenehm ihr diese Unterhaltung war. Stumm deutete Moritz' Vater auf den Sessel. Moritz war klar, dass er um diese Unterhaltung nicht herumkommen würde, egal, welche Ausrede er erfand. Er setzte sich, dann nahm Jürgen neben seiner Frau Platz.

Einige Momente war es still, nur das Ticken der Küchenuhr nebenan war zu hören. Dann wurde es Moritz zu dumm. Er räusperte sich. »Ähm, wolltet ihr noch irgendwas sagen oder sitzen wir jetzt einfach 'ne Stunde da, starren uns an und ich darf danach ins Bett?«, fragte er und merkte selbst, wie frech er klang. Prompt verengte sein Vater die Augen und wurde ein wenig rot. Er wollte ihm etwas entgegnen, doch seine Mutter legte ihm beruhigend eine Hand auf den Arm.

»Moritz, Schatz, wir wollten mit dir über deine Beziehung zu Lars sprechen«, erklärte sie.

Jau, das hab ich mir schon gedacht, schoss es Moritz durch den Kopf.

»Genau. Was hast du dir nur dabei gedacht, Moritz?«, fragte nun sein Vater.

Noch bevor er antworten konnte, führte seine Mutter weiter aus: »Nicht, dass wir uns nicht für dich freuen. Aber wir sind schon etwas überrascht!«

»Richtig. Auf einmal kommst du mit einem Mann hier an. Und dann auch noch mit einem, der mehr als zehn Jahre älter ist das du!«

Kurz fragte Moritz sich, ob sie ihn überhaupt noch zu Wort kommen lassen würden. Dann merkte er, dass seine Eltern ihn beide erwartungsvoll ansahen. Innerlich verdrehte er die Augen.

»Sagt mal, stört euch nur, dass er älter ist als ich?«, fragte er und wurde langsam wütend. Dass sie aber auch die ganze Zeit auf diesem dämlichen Altersunterschied herumhacken mussten!

»Natürlich stört uns das! Moritz, du bist 21 Jahre alt! Und er? Ende Dreißig?« Auch Jürgen wurde lauter.

»34, wenn du's genau wissen willst. Papa, ich bin volljährig. Ich kann selbst entscheiden, mit wem ich zusammen sein will!« *Ich bin doch keine zwölf mehr!*, fügte er in Gedanken hinzu. Moritz kam sich vor wie ein Teenager, der von seinen Eltern gemaßregelt wird.

»Natürlich kannst du das, Moritz«, versuchte seine Mutter, zwischen ihren Männern zu vermitteln. »Aber gibt es denn bei dir an der Uni keine netten Mädchen?«

Kurz dachte Moritz an das junge Mädel in der Bib zurück, an dem er so überhaupt kein Interesse gehabt hatte.

»Bestimmt gibt's die. Ich will aber Lars. Und ihr solltet das akzeptieren!« Moritz spürte, dass der letzte Satz einer unausgesprochenen Drohung gleichkam, auch wenn er nicht wusste, welche das sein sollte.

»Moritz, so redet man nicht mit seinen Eltern!«, rügte Jürgen ihn sogleich.

»Das mag sein. Aber als Eltern sollte man die Partnerwahl des Kindes auch akzeptieren! Und ihr wart doch freundlich zu ihm, die ganze Zeit, als er hier war!«

Moritz sah, wie sein Vater rot wurde. Nervös sah Andrea zu ihrem Mann. »Oder was war das für 'ne bekloppte Nummer?«, wollte Moritz argwöhnisch wissen.

Wieder herrschte Stille. Dann seufzte Jürgen. »Lars ist ein netter Mann. Und ja, er ist schlagfertig. Was hätte ich denn sagen sollen, als er hier war? Moritz, du bist unser Sohn, nicht Lars! Und ich hätte mir Enkel gewünscht! Dass du eine Familie gründest! Und dass deine Partnerin in deinem Alter ist!« Bei den letzten Worten wurde Moritz' Vater wieder lauter.

Moritz seufzte. Er ahnte, dass er es seinem Vater nicht würde recht machen können. Dennoch startete er einen letzten Versuch.

»Papa, ich bin glücklich mit Lars. Ja, er ist keine Frau. Aber er ist ein toller Mensch. Und er macht mich glücklich. Und wir sind erst seit einer Woche zusammen. Über Enkel sollten wir uns echt noch keine Gedanken machen!« Er sah nacheinander seinen Vater und seine Mutter an. »Und ich würde jetzt wirklich gern ins Bett.« Er hatte weiß Gott keine Lust mehr auf diese Diskussion. Sie führte sowieso nirgends hin.

Andrea nickte und lächelte ihn an. Zumindest seine Mutter schien auf seiner Seite zu sein und Verständnis für seine Beziehung zu haben. Erleichtert stand Moritz auf und verschwand schnell in sein Zimmer, ehe sein Vater noch etwas sagen konnte.

Es war ja klar gewesen, dass seine Eltern mit dem Erziehungsgespräch warten würden, bis Lars weg war. Aber diese Argumente gegen ihre Beziehung waren doch wirklich lächerlich. Und was sollte der Mist mit dem Alter?

Ja, 13 Jahre waren ein großer Unterschied. Aber er war 21, nicht 14! Wütend ließ er sich auf sein Bett fallen und sah auf sein Handy. Er hatte eine Nachricht von Lars bekommen.

Eine Stunde Verspätung. Aber immerhin eine nette Zugbegleiterin. ;) Keine Ahnung, warum sie mir die kalte Schulter zeigt ...

Moritz musste grinsen. Wenn sie jetzt öfter mit dem Zug hin und her fahren würden, würde die Zugbegleiterin sich womöglich auf eine andere Linie versetzen lassen, um sie nicht sehen zu müssen. Fast tat sie Moritz leid. Dann drängten sich seine Eltern wieder in sein Bewusstsein. Sollte er Lars schreiben, was sie gesagt hatten? Oder wartete er damit lieber, bis sie sich im Videochat sahen? Er entschied sich für die zweite Option, schickte Lars nur einen Daumen hoch als Antwort und kletterte dann erschöpft ins Bett.

KAPITEL 19

Innerlich lachte er immer noch über die kalte Schulter, die ihm die Zugbegleiterin die ganzen vier Stunden über gezeigt hatte. Er war am Hamburger Hauptbahnhof angekommen und stieg gerade in die S-Bahn nach Pinneberg, als ihn seine beste Freundin anrief.

»Katholische Telefonseelsorge, was kann ich für Sie tun?«, fragte er höflich. Natürlich wusste sie, dass sie sich nicht verwählt hatte.

»Mir erzählen, wie Ihre Woche so war, junger Mann!«, erwiderte sie lachend.

»Gut war sie, danke. Bin gerade auf dem Heimweg.«

»Sehr schön. Und was haben seine Eltern gesagt?«

»Na, was sollen sie sagen? Guten Tag, wie geht's, das Übliche eben«, druckste Lars herum.

Sie seufzte am anderen Ende. »Lars, du weißt genau, was ich meine!«

»Ja doch. Keine Ahnung ... Seine Mutter war ganz in Ordnung, aber sein Vater ... ich weiß nicht. Er wirkte irgendwie nicht so glücklich über unsere Beziehung.«

»Naja, für ihn wird's ja erst recht komisch sein, wenn sein Sohn mit einem Mann ankommt!«

»Ach, das war's gar nicht. Viel schlimmer fand er den Altersunterschied.«

Ein ungläubiges Schnauben ertönte. »Moritz ist wie alt? 21?« - »Genau.«

»Damit ist doch alles in Ordnung! Ganz ehrlich? Mach dir da nicht so einen Kopp drum! Bist du denn glücklich?«

Über seine Antwort musste er gar nicht nachdenken. »Und wie!«, rief er wie aus der Pistole geschossen. »Ich bin verliebt wie ein Schulmädchen!«

Sie kicherte.

»Aber ich frag mich halt, ob seine Eltern recht haben …«

»Lars. Er ist 21, nicht zwölf. Wenn ihr beide glücklich seid, werden seine Eltern sich schon irgendwie damit arrangieren müssen!«

Ihm war klar, dass das, was Sandra sagte, stimmte. Und ob sie glücklich miteinander waren! Er hoffte sehr, dass Moritz' Eltern das akzeptieren würden, insbesondere sein Vater. *Und was, wenn nicht? Was machst du, wenn Moritz' Eltern eure Beziehung gar nicht akzeptieren? Was machst du, wenn sie sich gegen dich stellen? Und was macht Moritz dann?* Er wollte nicht darüber nachdenken. Als er noch bei Moritz gewesen war, hatte er sich optimistisch gegeben, doch jetzt holten ihn die Zweifel ein. Nicht, dass er an der Beziehung selbst zweifelte. Eher daran, dass Moritz' Eltern ihre Beziehung je gutheißen würden.

»Danke«, sagte er dann laut. »Ich bin gleich zu Hause. Wir quatschen morgen, ja?«

»Klar. Komm gut ins Bett. Gute Nacht«, antwortete sie und legte auf.

Er hatte gelogen, er war nicht „gleich zu Hause". Vor ihm lagen noch zehn Minuten S-Bahn und dann die gleiche Zeit Fußweg. Aber er wollte laut Musik hören, die ihn ablenkte. Hip-Hop oder Rock, irgendwas richtig Lautes, das nichts mit Gefühlen zu tun hatte. Irgendwas, das dafür sorgte, dass seine Gedanken nicht mehr Amok liefen.

Immerhin drehten sie sich sowieso nur im Kreis und führten nirgends hin.

Den Heimweg beschallten verschiedene Bands, laute Gitarrenriffs und Schlagzeugsolos, dann kam er endlich in seiner Wohnung an. Es war spät, er wollte nichts wie ins Bett. Trotzdem schrieb er Moritz noch einmal.

Bin gut zu Hause angekommen. Todmüde. Morgen Skope?

Die Antwort ließ auf sich warten, also zog Lars sich in der Zwischenzeit um und legte sich ins Bett. Endlich hatte er eine Nachricht von Moritz.

Super. Gern. 16 Uhr?

Alles klar. Gute Nacht. Lars überlegte, ob er noch irgendein kitschiges Emoji mitsenden sollte, entschied sich dann aber dagegen und schickte die Nachricht so ab. *Das hast du 34 Jahre nicht gemacht, da fängst du jetzt bestimmt nicht mit sowas an!*, sagte er sich. Dann drehte er sich um und schlief ein.

***

Der nächste Tag verlief zunächst so wie jeder Montag. Lars stand früh auf, ging arbeiten, machte sich Mittag und setzte sich dann an den Computer. Er hatte einiges aufzuholen, was in den letzten Tagen auf MyTube passiert war.
Wenn Lars ehrlich zu sich war, wartete er lediglich darauf, dass es endlich 16 Uhr wurde und er mit Moritz sprechen

konnte. Ab 14:30 Uhr sah er fast minütlich auf die Uhr und jeder Versuch, sich irgendwie abzulenken, scheiterte.

Himmelherrgott noch eins! Jetzt reiß' dich gefälligst mal zusammen hier!, rief er sich in Gedanken zur Ordnung. *Du kannst doch jetzt nicht jedes Mal, wenn du mit Moritz verabredet bist, eineinhalb Stunden lang rumsitzen wie bestellt und nicht abgeholt und darauf warten, dass er endlich online geht.*

Entschlossen öffnete er MyTube und vertrieb sich die Zeit mit einigen seiner Lieblingsvideos. Zumindest versuchte er, sich einzureden, dass die Videos ihn ablenkten.

Um 15:58 Uhr war es dann endlich soweit. Moritz' Status änderte sich von offline zu online und sofort rief Lars ihn an.

»Hey, hast du lange gewartet?«, fragte Moritz und klang ganz außer Atem.

»Nö, ging«, log Lars. »Warum so außer Atem?«

»Ich komm' gerade von der Uni. Die dämliche Bahn hatte Verspätung und deshalb musste ich mich mega beeilen, um überhaupt noch pünktlich zu sein. Moment, ich trink eben was.«

Lars hörte ein zischendes Geräusch, dann ein Gluckern. Insgeheim freute er sich diebisch, dass Moritz sich extra beeilt hatte, um pünktlich mit ihm sprechen zu können. Dann schaltete Moritz die Kamera ein und endlich konnten sie einander nicht nur hören, sondern auch sehen. Moritz grinste ihn an und stellte die Wasserflasche weg.

»Und, sonst alles klar?«, wollte Lars dann wissen.

»Jau. Ich war heut endlich wieder bei meinen Seminaren … war ganz gut. Und bei dir? Arbeit?«

Lars nickte. »Genau. Jetzt muss ich mal langsam gucken, dass in meinen Kanal mal wieder etwas Leben kommt«, erzählte Lars und lehnte sich in seinem Stuhl zurück.

»Cool! Und wie war die Zugfahrt?«

Lars grinste, als er an die Fahrt dachte. »Deine flirty Zugbegleiterin war da. Ich glaub', sie hat mich erkannt. Sie hat nämlich nur ganz schnell mein Ticket kontrolliert und mich dann die restliche Fahrt über komplett ignoriert. Sie heißt übrigens Jana«, plauderte Lars drauflos.

»Woher weißt du denn ihren Namen?«

»Stand auf ihrem Namensschildchen.« Lars sah, wie Moritz rot wurde. »Da hast du gar nicht drauf geachtet, was?«, fragte Lars belustigt.

»Nee«, machte Moritz und schüttelte den Kopf. Lars lachte leise.

»Ach so, ich wollte dir noch was erzählen. Kaum war ich gestern Abend allein wieder zu Hause, haben meine Eltern eins von diesen tollen Erziehungsgesprächen mit mir geführt!« Moritz malte mit den Fingern kleine Anführungszeichen in die Luft.

»Oho! Und?«, fragte Lars, nicht sicher, ob er es wirklich hören wollte. Moritz holte tief Luft.

Die nächsten Minuten verbrachte Moritz damit, ihm vom elterlichen Gespräch zu erzählen. Von den Ängsten seines Vaters, von den Problemen, die seine Eltern mit dem Altersunterschied hatten. Dazwischen regte er sich auf.

»Ich mein, was soll die Scheiße denn? Ich bin doch wohl alt genug, um das selbst entscheiden zu können! Und es ist ja nicht so, als wäre das mit uns was Illegales!«, meckerte er. Lars vermied es, ihm ins Wort zu fallen. Es hätte sowieso keinen Zweck.

»Mein Vater fand dich übrigens schlagfertig. Deshalb hat er an dem ersten Abend nichts mehr gesagt. Er hätte aber lieber eine Frau an meiner Seite, zwecks Enkel und so«, erzählte Moritz und machte eine Pause.

Jürgen fand ihn schlagfertig? Das klang doch erstmal gar nicht so schlimm! Das mit der Frau hingegen ... dagegen konnte Lars nun wirklich nichts ausrichten. Nicht, dass Enkel unmöglich wären. Aber leibliche Enkel wären es eben nicht. Ob Moritz das wohl störte?

»Ich glaub, über die Sache mit dem Alter kommt er nicht so schnell hinweg. Aber er soll bloß nicht meinen, dass das was an meinen Gefühlen für dich ändert! Eher ziehe ich hier aus!«, ereiferte Moritz sich und wurde nun wieder rot. Lars sah den Moment gekommen, einzuschreiten.

»Moritz, beruhig' dich! Warte es doch erstmal ab. Vielleicht entspannt sich die Lage ja wieder. Für deinen Vater kam das doch alles sehr plötzlich. Und wenn ihn das so erschüttert hat, musst du ihm vielleicht einfach ein wenig Zeit geben, um damit klarzukommen.«

»Ich geb' ihm Zeit! Aber wenn er nicht auf unsere Beziehung klarkommt, hat er Pech. Ganz einfach.«

Lars seufzte. Ob das wirklich so einfach war? Einerseits freute er sich natürlich darüber, dass Moritz ihre Beziehung so wichtig war. Trotzdem wollte er nicht, dass sich Moritz seinetwegen noch mit seinen Eltern überwarf. Familie war etwas Wichtiges, das durfte man nicht einfach so wegwerfen.

»Ist ja gut. Mal sehen, vielleicht sieht er das ja schon wieder ganz anders, wenn ich im Juni bei dir bin.«

»Das hoffe ich für ihn! Zeit genug hat er ja bis dahin.«

Sie unterhielten sich noch eine Weile über Gott und die Welt, über alles und nichts. Doch Lars wurde die Sorge um Moritz' Verhältnis zu seinen Eltern nicht los. Er nahm sich vor, nochmal mit Moritz zu reden, wenn sie sich das nächste Mal persönlich sahen.

KAPITEL 20

»Hey, wo warst'n du gestern?«, fragte Moritz, während es sich auf seinen Stammplatz neben Tim fallen ließ. Es war Dienstag, ihr gemeinsames Seminar würde in zehn Minuten anfangen.

»Geht dich 'n Scheißdreck an.«

Moritz verdrehte die Augen. Er holte seinen Laptop aus der Tasche und baute ihn neben Tims auf, dann sah er zu seinem – ehemaligen? – Freund herüber.

»Tim, was soll der Blödsinn?«, fragte er ruhig. Tim schnaubte, sah ihn nicht an.

Moritz schüttelte den Kopf und begann damit, das Skript des Professors auf seinem Laptop zu öffnen und sein Notiz-Dokument vorzubereiten. Dann drehte er sich auf seinem Stuhl komplett zu seinem Sitznachbarn um. Tim drehte sich weg.

»Meine Fresse, Tim!«, rief Moritz aus, so laut, dass sich einige andere Teilnehmer des Seminars zu ihm umdrehten. Es war ihm etwas unangenehm, deshalb sprach er leiser weiter. »Was ist dein Scheiß-Problem, hä?«

Ruckartig drehte Tim sich wieder auf seinem Stuhl um, sodass dieser gefährlich kippelte. Er berührte Moritz' Knie kurz, dann sah er ihm direkt in die Augen. Tims Augen waren nur kleine Schlitze, er atmete heftig. *Fehlt nur noch, dass von seinem Mund so kleine Speichelfäden tropfen*, dachte Moritz unwillkürlich.

»Du bist mein Scheiß-Problem!«, rief er, sodass nun er von allen Seiten angestarrt wurde. »Du und dein komischer Lover!«

Beim Wort „Lover" zuckte Moritz kurz zurück. So sah er sich und Lars nun beim besten Willen nicht.

»Sag mal, spinnst du? Wir kennen uns jetzt seit drei Jahren! Ich bin immer noch der gleiche Typ! Und nur, weil ich jetzt mit einem Mann zusammen bin, machst du so einen Aufstand?!«, fragte Moritz und sah Tim mit hochgezogenen Brauen an.

»Ihr seid zusammen?«

Ups, das hatte Tim ja noch gar nicht gewusst. Für eine Sekunde fühlte Moritz sich schuldbewusst, dann fiel ihm ein, dass Tim ja bereits seine Schwärmerei für Lars ekelhaft gefunden hatte.

»Ja.«

Tims Augen, die vorher wütende Schlitze gewesen waren, weiteten sich nun. Er starrte Moritz mit einer Mischung aus Abscheu und Ungläubigkeit an, ein Blick, den Moritz auch schon bei seinem Vater gesehen hatte. Erst nach einigen Sekunden der Stille wurde sein Blick langsam wieder normal.

»Alter, ich hab' echt keinen Bock, mit einer Schwuchtel befreundet zu sein«, erklärte Tim und schüttelte den Kopf.

»Boah, kannst du mal mit diesen Beleidigungen aufhören? Außerdem bin ich nicht schwul!«

»Das freut mich sehr für Sie, dann können Sie ja jetzt ohne Probleme meinen Ausführungen hier vorn folgen. Oder gibt es noch weitere Probleme, die Sie mit Ihrem Banknachbarn diskutieren müssen?«

Moritz erschrak. Er hatte nicht bemerkt, dass der Prof bereits da war und mit seinem Seminar begonnen hatte. Schuldbewusst drehte er sich mit dem ganzen Körper wieder nach vorn, schüttelte den Kopf und senkte dann den Blick auf sein Skript.

»Sehr gut. Also, wie bereits gesagt …«

Moritz bekam kaum mit, was der Prof vorne erzählte. Die Prüfung würde er sicher komplett in den Sand setzen, das war ihm jetzt schon klar. Er starrte auf das Dokument, konnte sich aber nicht auf irgendwas, das mit dem Seminar zusammenhing, konzentrieren. *Schwuchtel*, dieses Wort ging ihm nicht aus dem Kopf. Er hatte das Gefühl, sein ganzes Umfeld reagierte mit Ablehnung auf seine Liebe. *Warum? Warum kann offenbar niemand akzeptieren, dass ich verknallt bin? Geht es Lars genauso?*, fragte er sich. Er entschied, ihn später zu fragen.

Nach dem Seminar hielt Moritz Tim an der Schulter zurück, als sich dieser möglichst schnell verdrücken wollte.

»Fass mich nicht an!«, zischte Tim und schüttelte seine Hand ab.

»Sorry. Ich wollte nur nochmal mit dir reden.«

»Es gibt nichts zu reden!«

Moritz seufzte. »Doch. Wir sind seit Jahren befreundet und das willst du jetzt alles wegwerfen?«, fragte er behutsam. Tim zuckte die Schultern.

»Warum war ich wohl damals mit Lisa zusammen? Oder mit Marleen?«

Tim antwortete nicht, selbst ihm war wahrscheinlich klar, dass die Fragen rhetorisch gemeint waren.

»Siehst du. Ja, ich habe mich in einen Mann verliebt und ja, wir sind zusammen. Aber nein, deshalb bin ich nicht automatisch schwul. Das mit Lisa und Marleen waren doch keine Scheinbeziehungen!«

»Nicht?«, fragte Tim und drehte sich endlich um.

»Nein. Aber jetzt ist es eben ein Mann. Na und?« Moritz zog die Achseln hoch.

Tim schaute ihm nicht in die Augen, sondern sah zu Boden.

»Ich komm damit im Moment einfach nicht klar, okay? Sorry.« Mit diesen Worten drehte Tim sich um und lief schnellen Schrittes davon. Moritz sah ihm nach, bis er um die nächste Ecke verschwunden war, dann packte er seufzend seine Sachen zusammen und verließ den Seminarraum ebenfalls.

***

Es tutete. Auf dem Heimweg von der Uni hatte er Lars angerufen.

»Moinsen!«, meldete sich eine fröhliche Stimme am anderen Ende.

»Moin«, machte Moritz und hörte, wie niedergeschlagen er klang. Eigentlich hatte er gehofft, dass Lars' Stimme ihn aufheitern würde.

»Was ist los?«, fragte Lars prompt. Moritz seufzte.

»Ich hab' das Gefühl, mein gesamtes Umfeld findet es komplett beschissen, dass ich mit einem Mann zusammen bin.«

»Was?«, fragte Lars und atmete hörbar ein.

»Ich hab' hier an der Uni grad' mit einem Kumpel, den ich schon seit Schulzeiten kenne, darüber gequatscht. Erst hat er mich „Schwuchtel" genannt und dann meinte er, er kommt damit nicht klar. Dabei gibt's doch gar nichts klarzukommen!«, klagte Moritz in wenigen Sätzen all sein Leid.

»Oh Mann … Das tut mir leid, Moritz. So 'ne Scheiße. Und nun?«

»Keine Ahnung. Ich hoffe, Tim kriegt sich wieder ein. Sonst stehe ich halt ohne Rückhalt da.«

»Dann musst du öfter hierhin kommen«, schlug Lars eine Lösung vor. Moritz dachte kurz darüber nach. Öfter im Norden sein? Mehr Zeit bei und mit Lars verbringen? Das klang aktuell wahnsinnig verlockend. Dann fiel ihm etwas ein.

»Bis zum nächsten Mal sind's noch drei Wochen!«, maulte er. Langsam nervte er sich selbst.

»Ich weiß. Aber vorher klappt's nicht. Du musst deine Seminare fertigmachen und ich muss ackern wie ein Bekloppter. Sonst habe ich, wenn du hier bist, gar keine Freizeit!«

Moritz seufzte genervt auf. Er wusste, dass Lars recht hatte, aber trotzdem wollte er ihn am liebsten jetzt sofort sehen und in die Arme schließen. Wieder ließ ihn der Gedanke an mehr Zeit mit seinem Freund nicht los.

»Na komm, es sind irgendwie auch nur noch drei Wochen. Bis du herkommst, haben wir beide noch Unmengen zu tun. Immerhin willst du die Zeit hier doch auch genießen, oder?«

»Ja«, brummelte Moritz.

»Na also. Dann arbeite und studier' schön und bald sehen wir uns endlich!«

»Du hast ja recht«, murmelte Moritz. »Danke. Ich bin gleich zu Hause. Wir quatschen heute Abend nochmal.«

»Machen wir. Bis später!«

Moritz legte auf, während er die Wohnungstür aufschloss. In der Wohnung herrschte Stille, seine Eltern waren auf der Arbeit. *Gott sei Dank. Ruhe. Himmlische Ruhe. Zeit für die wichtigen Dinge des Lebens,* dachte er und warf seine Schuhe auf dem Weg in sein Zimmer achtlos in den Flur. Er hatte eine Idee und wollte dringend ein paar Sachen nachlesen.

KAPITEL 21

»Er sagt, er habe gar keinen Rückhalt.«

Sandra seufzte. Sie saßen gemeinsam mit ihrem Mann beim Abendessen und Lars erzählte vom Telefonat mit Moritz.

»Wie kommt's?«, fragte Lothar und sah von seinen Spaghetti auf.

»Seine Eltern finden mich zwar nett, denken aber, dass ich zu alt für ihn bin. Oh, und sein Vater hätte gern Enkel, die ich ihm bestimmt nicht schenken werde«, zählte Lars auf. Lothar kam nicht umhin, zu kichern. »Und nun findet sein ältester Kumpel es offenbar eklig, dass er mit einem Mann zusammen ist. Er hat ihn sogar beleidigt.«

»Wasch?!«, mischte sich nun Sandra ein, den Mund voller Nudeln.

»Jap. „Schwuchtel". So richtig unterste Schublade.«

»Na, mit so einem wollte ich ja nicht mehr befreundet sein«, stellte Lothar lapidar fest. Sandra nahm einen Schluck von ihrer Cola und schüttelte den Kopf.

»Ich glaub', so einfach ist das nicht. Wenn die beiden echt so dicke sind —«

»Und schon ewig befreundet!«, warf Lars ein.

»So! Und das auch noch. Dann kann man nicht so einfach sagen „das war's, bye-bye". Da stecken ja Gefühle hinter. Freundschaft eben. Das will man nicht wegwerfen. Vielleicht ist sowohl Moritz' Vater als auch dieser Freund einfach komplett überfordert mit der Situation?«

»Das ist doch keine Überforderung, das ist blanke Homophobie! Wenn du sagst, du hast kein Problem mit

Homosexualität, solange es Person XY nicht betrifft, bist du trotzdem ein Arsch«, erklärte Lothar bestimmt.

»Natürlich! Aber trotzdem kann sich so eine Meinung ja ändern, wenn man feststellt, wie glücklich Person XY in ihrer Beziehung ist.«

»Sicher kann man das. Aber intolerante Menschen wollen das halt meistens nicht.«

»Okay, aber guck mal: Moritz ist Einzelkind. Das heißt, seine Eltern haben praktisch nur ihn. Jetzt hat sein Vater sich immer Enkel gewünscht – und plötzlich rückt das durch die Beziehung zu Lars in weite Ferne. Das ist definitiv ein Schock!«

»Das mag sein. Aber die Reaktion ist doch trotzdem völlig überzogen!«

Jetzt hatten die beiden sich in Rage geredet. Sie diskutierten hitzig weiter, während Lars stumm seine Spaghetti aß.

Er dachte über ihre Worte nach. Waren Jürgen und dieser Tim wirklich beide homophob? Würden sie ihre Meinung über Moritz' und seine Beziehung je ändern? Gerade bei Jürgen bezweifelte Lars das stark.

»Lars? Möchtest du noch was?«, fragte Sandra und wedelte mit der Hand vor seinem Gesicht.

Überrascht sah er auf. »Äh, nein, danke.«

»Mach' dir bloß keinen Kopf um diese Leute! Sie werden eure Beziehung schon akzeptieren. Was sollen sie auch sonst machen?«

Tja, was sollten sie auch sonst machen? Lars hatte keine Ahnung. Den ganzen Heimweg dachte er darüber nach, was passieren würde, wenn Jürgen sich weiterhin zwischen

Moritz und ihn stellen würde. Wie würde Moritz damit umgehen? Was würde es für sie bedeuten?

Hey, bist du schon zu Hause? Moritz hatte geschrieben.

Komme gerade zur Tür rein! Willst du noch quatschen?

Nee, die Eltern lauschen. Ständig wollen sie wissen, was ich mache und mit wem und … keine Sekunde Ruhe hier.

Oh, das tut mir leid. Hast du nochmal mit Tim gesprochen?

Nochmal nee. Keine Ahnung … ich weiß einfach nicht, wie ich ihm klarmachen soll, dass das jetzt einfach normal ist.

Es ist nicht deine Aufgabe, ihm das klarzumachen!! Eigentlich sollte er sich für dich freuen! Lars wurde beinahe wütend, während er die letzte Nachricht tippte.

Stimmt wohl.

Kurz wusste Lars nicht, was er darauf noch schreiben sollte, dann sah er, dass Moritz noch einmal schrieb.

Ich hätte nie gedacht, dass er homophob ist.

Lars seufzte.

Es kommt doch meistens überraschend.

Ja! Und es verletzt einen! Hast du das auch schon erlebt?

Lars dachte kurz über diese Frage nach. Sowohl Sandra als auch Lothar und Anne hatten überaus positiv auf seine neue Beziehung reagiert. Seine Eltern wussten zugegebenermaßen noch nichts von Moritz, er sah sie aber auch nur ungefähr alle zwei Wochen.

Bisher nicht … schrieb er dann und hoffte, vage genug geblieben zu sein.

Glückspilz!

Lars musste über diese Bezeichnung fast ein wenig lachen. Es war doch eher dem Zufall geschuldet, dass sein Umfeld so wenig homophob reagierte, glaubte er. Mittlerweile lag er im Bett und sah zum Nachthimmel auf. Er vermisste Moritz. Es tat fast körperlich weh, hier mit ihm zu schreiben und genau zu wissen, dass er in der nächsten Zeit nicht bei ihm sein konnte.

Danke.

Nee, echt. Es ist super anstrengend, ewig mit Ablehnung klarzukommen. Ich kann hier praktisch niemandem von dir erzählen!

Auch darüber musste Lars kurz nachdenken. Es stimmte, er war wirklich in einer glücklichen Lage. Er konnte stundenlang mit Sandra und Anne über seine Gefühle, seine Beziehung und Moritz im Allgemeinen quatschen – ohne, dass sie ihn verurteilten. Es war ihm noch nie schwergefallen, über seine Gefühle zu reden, und gerade jetzt, wo alles so neu und aufregend war, tat es gut, Freunde um sich zu haben, die sich das alles anhörten. Moritz tat ihm leid. Es tat ihm leid, dass Moritz diese Möglichkeit nicht hatte.

Mann, das ist echt beschissen!

Jap. Mal gucken. Ich geb' nich so einfach auf, was Tim angeht. Morgen sehen wir uns an der Uni.

Dann rede nochmal mit ihm! Lars hatte keine Ahnung, ob dieser Rat so klug war, aber es war im Grunde die einzige Option.

Mach ich. Und jetzt wird geschlafen! Gute Nacht. Bis morgen!

Schlaf gut. Bis morgen!

Lars legte das Handy auf seinen Nachttisch und sah noch einmal zu den Sternen hinauf. Er wünschte sich nichts sehnlicher, als dass Moritz jetzt bei ihm wäre.

KAPITEL 22

Er war nervös. Warum war er nervös? Er hatte keinen Grund, nervös zu sein. Und trotzdem fuhren seine Gedanken Achterbahn. Drei Wochen war es jetzt her, dass er und Lars sich zuletzt persönlich gesehen hatten. Seitdem hatten sie jeden Tag über Skope oder per Nachricht geschrieben und gesprochen. Aber irgendwie war es doch nicht dasselbe.

Und zumindest Moritz hatte seinen Freund vermisst. Jeden Tag. Ohne Ende. Und deshalb war er jetzt auch nervös. Er saß im Zug auf dem Weg nach Pinneberg.

Auf der anderen Seite freute er sich natürlich tierisch darauf, Lars endlich wiederzusehen und ihn in die Arme schließen zu können. Endlich wieder ein paar Tage Nähe genießen, glücklich sein. Ohne seine Eltern und Tim, die alle immer noch nicht so recht verstanden – oder verstehen wollten –, was Moritz an Lars fand und warum er überhaupt mit einem Mann zusammen war.

Weil wir einander mögen. Weil wir einander glücklich machen, deshalb!, dachte er nun, was er ihnen mehrfach erklärt hatte. *Weil ich ihn liebe*, dachte er. Gesagt hatte er das noch nicht. Zu niemandem. Nicht mal zu Lars. Irgendwie hatte es sich noch nicht ergeben, auch wenn es sich so anfühlte. Moritz seufzte.

Als er in Pinneberg aus der S-Bahn stieg, erwartete Lars ihn bereits mit einem breiten Grinsen im Gesicht. Er winkte fröhlich, als Moritz mit seiner Reisetasche unter dem Arm auf ihn zukam.

»Hi«, murmelte Moritz und wurde regelrecht verlegen.

»Ich freu mich so, dass du da bist«, antwortete Lars und nahm ihn ohne Umschweife in die Arme.

Moritz atmete tief ein und fühlte sich sofort wieder geborgen. Die Nervosität, die seit Stunden von ihm Besitz ergriffen hatte, war wie verflogen. »Ich mich auch«, flüsterte er also und gab Lars einen flüchtigen Kuss und die Halsbeuge. Lars atmete zischend ein.

»Nicht so stürmisch! Lass uns erstmal zu mir fahren!«, meinte er lachend, nahm Moritz die Tasche ab und ging ihm voran zu den Treppen. Moritz wusste natürlich, dass sie sich in der Öffentlichkeit zurückhalten wollten, aber es war ihm ein Bedürfnis gewesen, seiner Zuneigung zumindest ein bisschen Ausdruck zu verleihen.

Während sie zu Fuß zu Lars nach Hause gingen, betrachtete Moritz seinen Freund. Mittlerweile freute er sich tierisch, da zu sein.

»Hab ich was im Gesicht oder bin ich einfach nur so wunderschön und du starrst mich deshalb an?«, fragte Lars irgendwann grinsend. Moritz wurde rot.

»Du hast noch Reste vom Frühstück im Bart hängen – und ich hab' Kohldampf!«, gewann er seine Schlagfertigkeit zurück.

»Idiot!«

Moritz lachte auf.

Sie waren an Lars' Wohnung angekommen. Lars schloss die Tür auf und trat als erster ein. Schnell folgte Moritz ihm. Kaum, dass er die Tür geschlossen hatte, schlangen sich Lars' Arme schraubstockartig um seine Hüfte und Lars' Nase schmiegte sich in seinen Nacken.

»Ich hab‘ dich vermisst«, flüsterte Lars.

»Hör auf, du machst mich ganz verlegen«, sagte er und drehte sich in Lars‘ Umarmung, sodass er ihn endlich richtig küssen konnte. Er schlang Lars die Arme um den Nacken und genoss die Nähe, die Lippen auf seinen. Nach einer gefühlten Ewigkeit lösten sie sich voneinander und Lars sah Moritz aufmerksam an.

»Wie geht’s dir?«, fragte er vorsichtig.

»Jetzt, wo ich hier bin, gut.«

Lars nickte, griff dann nach Moritz‘ Hand und zog ihn mit sich ins Wohnzimmer. »Setz‘ dich schon mal. Ich hab‘ was vorbereitet!«, erklärte er geheimnistuerisch und verschwand. Verwirrt sah Moritz ihm nach. Dann tat er, wie geheißen.

Nach ziemlich genau zwei Minuten kam Lars mit einem abgedeckten Tablett und zwei Flaschen Astro Bier wieder. Er stellte das Tablett auf dem Wohnzimmertisch ab und öffnete dann die beiden Flaschen mit einem Feuerzeug. Moritz sah vom Bier zu Lars auf und zog skeptisch eine Augenbraue nach oben.

»Keine Angst«, sagte Lars, der sofort begriff. »Heute gibt’s wirklich nur ein einziges Bier. Und definitiv keinen Schnaps!« Dann setzte er sich neben Moritz, um mit ihm anzustoßen.

»Hey, immer schön in die Augen schauen! Sonst gibt’s sieben Jahre schlechten Sex!«, rief Lars aus und zog ruckartig die Flasche weg. Moritz fühlte sich ertappt. Er hatte heimlich einen Seitenblick auf das immer noch abgedeckte Tablett geworfen.

»Du brauchst gar nicht so gucken! Keiner von uns will schlechten Sex. Oder?«, fragte Lars spitzbübisch grinsend.

»Natürlich nicht«, seufzte Moritz ergeben und starrte Lars an, als sie endlich anstießen.

»So, und was hast du da noch?«, wollte Moritz dann wissen. Lars guckte, als habe er nur auf diese Frage gewartet. Er stellte sein Bier ab und griff dann nach dem Deckel, der auf dem Tablett lag. *Woher hat er überhaupt so ein Tablett?*, fragte Moritz sich unwillkürlich.

»Du wolltest doch unbedingt typisch norddeutsches Essen!«, kündigte Lars dann an und hob den Deckel.

»Ta-da! Fischbrötchen in allen Varianten! Wir hätten frischen Lachs mit Zwiebeln, Matjesbrötchen, Backfisch und den Klassiker: Bremer mit Röstzwiebeln und Salat. Guten Appetit!«

Moritz versuchte, zu grinsen, konnte aber nicht ganz verbergen, dass er kein großer Fischesser war.

»Äh danke ... Fischbrötchen ... das wollte ich ja schon immer mal probieren«, erklärte er, offenbar wenig überzeugend, denn Lars grinste schon wieder.

»Wenn's dir nicht schmeckt – in der Küche ist noch Pizza. Ich weiß doch, dass du Fisch nicht so super findest«, sagte er versöhnlich und griff dann selbst zu.

Todesmutig probierte Moritz den Bremer und befand, dass Fisch in dieser wenig fischigen Variante doch ganz lecker war. Eine Weile aßen sie schweigend.

»Ach so, ich wollte dich noch was fragen. Hast du Lust, morgen mal ein paar meiner Leute hier kennenzulernen?«, fragte Lars plötzlich.

»Klar, wen denn?«, wollte Moritz wissen und nahm noch einen Schluck von seinem Bier.

»Meine beste Freundin hat uns morgen Abend zu sich eingeladen. Und meine Schwester wollte dich auch gern kennenlernen!«, erwiderte Lars etwas zu laut. Misstrauisch sah Moritz ihn an. Er wirkte verlegen.

»Cool. Aber warum wirst du gerade so rot?«

Lars schluckte. »Rot, ich? Nee, das bildest du dir ein!«, versuchte er, sich herauszureden. Moritz griff nach Lars' Kinn und drehte dessen Gesicht langsam zu sich.

»Lügner«, stellte er nüchtern fest. »Also?«

»Naja, die beiden sind wahnsinnig neugierig auf dich und gerade meine Schwester könnte dich eventuell mit Fragen löchern ...«, gab Lars dann leise zu. Moritz ließ sein Gesicht los. Er war erleichtert.

»Hey, solang' die beiden nichts gegen mich oder uns haben, soll mir alles recht sein!«, erwiderte er und gab Lars einen Kuss.

»Das nicht, keine Sorge!« Lars grinste und wandte sich dann wieder seinem Essen zu. »Apropos, wie geht's mit Tim und deinen Eltern?«

Moritz zog die Schultern hoch. Das war so ziemlich das letzte Thema gewesen, über das er mit Lars hatte reden wollen. Am liebsten wollte er den Stress und Ärger in der Heimat einfach mal vergessen. Aber natürlich interessierte es Lars. Das war verständlich.

»Mama ist relativ entspannt, sie versucht im Moment viel, zwischen Papa und mir zu vermitteln. Sie findest es zwar merkwürdig, dass ich die „ganzen netten Mädchen aus der Uni", wie sie es nennt, nicht will ... Aber sie akzeptiert's. Papa dagegen ...« Er machte eine kurze Pause. »Papa will es, glaub' ich, einfach nicht verstehen. Er fragt dauernd, warum ich ihm das antue und was mit Enkeln ist und so weiter. Keine Ahnung, wie lange ich das noch mitmache.« Aus dem Augenwinkel sah er, dass Lars ihn aufmerksam musterte. Er hatte das Gefühl, dass Lars etwas sagen wollte, also drehte er sich zu ihm.

»Weißt du, Moritz, vielleicht meint dein Vater es ja nur gut?«, fragte Lars vorsichtig. Moritz wollte ihn schon unterbrechen, doch Lars hielt ihn mit einer Handbewegung davon ab. »Warte mal. Moritz, du bist der einzige Sohn, den dein Vater hat. Sein einziges Kind. Und wenn er immer Enkel wollte, dann war das mit uns wahrscheinlich ein echter Schock für ihn. Und er will bestimmt nur, dass du glücklich bist.«

»Das mag ja sein, aber du machst mich glücklich! Ich will mit dir glücklich und zusammen sein! Nicht mit irgendeinem Mädchen von der Uni! Mit dir!«, unterbrach Moritz ihn aufgebracht. Er hatte das Gefühl, das Gespräch, das er tagtäglich mit seinem Vater führte, hier auch nochmal zu führen.

»Moritz, das ehrt mich sehr. Aber dein Vater hat eben andere Vorstellungen von der Zukunft gehabt. Gib' ihm Zeit, damit klarzukommen«, antwortete Lars.

»Er hatte seine Zeit! Drei Wochen! Drei Wochen und es hat sich nichts geändert! Langsam reicht's mir! Wenn er nicht langsam mal wenigstens damit aufhört, mir seine Probleme dauernd unter die Nase zu reiben, ziehe ich definitiv aus!«, erklärte Moritz. Den Plan hatte er nun schon eine Weile. Ausziehen und endlich etwas Abstand zwischen sich und seinen Vater bringen. Zumindest räumlich.

»Und wo willst du dann hinziehen?«, fragte Lars ihn.

»Keine Ahnung, einfach raus«, antwortete er. *Vielleicht nach Pinneberg*, dachte er. Aber er wagte es nicht, diesen Gedanken auszusprechen. Wer wusste denn, ob es Lars viel zu schnell gehen würde, immerhin dauerte diese Beziehung erst ein paar kurze Wochen. Sollte man nicht länger warten, bevor man zusammenzog?

»Können wir jetzt über was anderes reden, bitte?«, fragte Moritz. Er hatte keine Lust mehr, über seinen Vater und Tim nachzudenken.

»Na klar. Ich bin sowieso satt. Ich räum' kurz ab«, erwiderte Lars und stand auf. Noch bevor Moritz auch nur seine Hilfe anbieten konnte, hatte Lars sich das Tablett und die leeren Flaschen geschnappt und war in der Küche verschwunden.

Achselzuckend lehnte Moritz sich zurück und schloss für einen kurzen Moment die Augen.

»Hey, Schlafmütze. Willst du das nicht vielleicht ins Bett verlegen?«, flüsterte Lars' Stimme plötzlich am Rande seines Bewusstseins.

»Hä, was?«, fragte Moritz und blinzelte.

»Da ist man mal für fünf Minuten in der Küche und schon pennst du ein. Na komm, wir gehen rüber!«, lachte Lars und half Moritz auf. Moritz leckte sich die trockenen Lippen, bevor er protestierte.

»Ich hab' nicht geschlafen!«

»Und warum hast du dann geschnarcht, als ich wiederkam?«, wollte Lars wissen, während er voraus ins Schlafzimmer ging. Moritz verdrehte die Augen, er wusste schließlich, dass er nicht schnarchte.

Im Schlafzimmer verschwendete Moritz kaum Zeit damit, seine Jeans auszuziehen, bevor er sich ins weiche Bett kuschelte. Hier war es definitiv gemütlicher als auf der Couch.

»Lässt du mir auch noch ein bisschen Platz?«, fragte Lars amüsiert. Moritz rückte ein bisschen zur Seite und schlug die Decke weg. Dann klopfte er auf den freien Platz. »Bitte schön!«

Grinsend kroch Lars zu ihm und zog ihn in eine Umarmung. Wohlig kuschelte Moritz sich an seinen Freund und gab ihm einen Kuss auf die Schulter.

Ein kehliges Lachen ließ sowohl Lars' als auch Moritz' Körper beben. Lars zog Moritz enger an sich und strich ihm über den Rücken. Auf Moritz' Haut bildete sich eine Gänsehaut.

»Kalt?«, raunte Lars. Moritz schüttelte den Kopf. Wenn ihm eins nicht war, dann kalt. »Nein.« Seine Stimme klang rauer als gewöhnlich. Vorsichtig räusperte er sich. Wieder dieses Lachen von Lars. Moritz spürte, wie Lars' Hände ihn sanft ein Stück hochzogen, dann die Lippen auf den seinen. Erst sanft, dann fordernder.

Moritz tat nichts lieber, als auf diesen Kuss einzugehen. Für einen Moment alles um sich herum zu vergessen. Er legte einen Arm um Lars und strich sanft über dessen Seite. Auch Lars' Finger streichelten ihn, am Rücken, an der Hüfte. Es war sehr angenehm.

Nach einer Weile löste Lars den Kuss und sah Moritz an. Moritz blickte in die braunen Augen, in denen er sich immer noch sofort verlor. »Moritz, ich …«, raunte Lars. Er stockte, schien nach Worten zu suchen. Moritz' Herz schlug ihm bis zum Hals. Lars sprach nicht weiter, obwohl der Moment perfekt zu sein schien. Also nahm Moritz all seinen Mut zusammen.

»Lars, ich liebe dich.«

KAPITEL 23

Die Worte klangen in Lars' Ohren nach. Hatte Moritz das gerade wirklich gesagt? Hatte er sich verhört? Ganz sicher war er sich nicht. Nach wie vor sahen sie einander in die Augen, keiner löste den Blick. *Du musst was sagen!*, ermahnte er sich in Gedanken. Er blinzelte. Der Hauch einer Sekunde verschaffte ihm die Möglichkeit, wieder klar zu denken. Als er Moritz wieder ansah, hatte der den Blick gesenkt.

»Moritz«, flüsterte er. »Hey, sieh mich an.« Widerwillig hob Moritz den Blick.
»Warum klaust du mir meinen Text, hä? Das wollte ich gerade sagen!« Augenblicklich hellte Moritz' Miene sich auf.
»Ich liebe dich«, fügte Lars noch hinzu. Er wollte es schließlich wirklich aussprechen, nur so fühlte es sich real an.

Auf Moritz' Gesicht breitete sich ein Lächeln aus. Es war eins von der Sorte, das bis an die Augen reicht und jeden fröhlich macht, der es sieht. Lars machte dieses Lächeln besonders fröhlich, weil er es in Moritz' Gesicht gezaubert hatte. Er beugte sich vor, um Moritz noch einmal zu küssen. In ihm explodierten die Gefühle. Moritz liebte Lars! Lars liebte Moritz! Sie liebten einander! Lars hätte vor Glück die ganze Welt umarmen können.
Da die ganze Welt aber nicht zur Verfügung stand, begnügte Lars sich damit, Moritz zu umarmen.

»Du glaubst gar nicht, wie glücklich mich das gerade macht«, murmelte er, als sie den Kuss endlich gelöst hatten.

»Doch, glaub ich. Mich nämlich auch«, antwortete Moritz und lächelte Lars an.

Sie kuschelten noch eine Weile. Irgendwann merkte Lars, wie Moritz' Atem immer ruhiger wurde. Er war eingeschlafen. Lars sah ihm einen Augenblick beim Schlafen zu, dann griff er nach seinem Handy.

Morgen steht. Er freut sich!

Er schickte die Nachricht sowohl an Anne als auch an Sandra. Er freute sich darauf, Moritz endlich den beiden mitunter wichtigsten Frauen in seinem Leben vorstellen zu können. Er wollte zwar nichts überstürzen, fand den Zeitpunkt aber tatsächlich genau richtig.

***

»Hallo Moritz! Schön, dich endlich kennenzulernen! Ich bin Anne, Lars' große Schwester!«

Sie waren bei ihrem Lieblingsitaliener mit Anne zum Mittagessen verabredet. Felix war noch in der Hausaufgabenbetreuung, sodass Anne etwas Zeit für sie entbehren konnte. Gerade hatte sie Moritz überschwänglich begrüßt.

»Äh, hi«, antwortete Moritz und bekam rote Wangen. Ohne Umschweife drückte sie den völlig überforderten Moritz an sich und zog ihn dann zu ihrem Stammplatz.

»Anne, nun lass mal gut sein! Der arme Moritz!«, rief Lars und beeilte sich, ihnen zu folgen.

»Ach was, das kann er ab«, tat sie seine Bedenken ab, bevor sie ihn endlich auch begrüßte. Lars sah flüchtig zu Moritz, der verschämt lächelte. Seine Gesichtsfarbe normalisierte sich langsam wieder.

Nachdem sie ihr Essen bestellt hatten, begann Anne damit, Moritz zu löchern.

»Erzähl' mal, wie geht's dir, was machst du so?«

Lars bedeckte die Augen mit der Hand. Da kam die Mutter in seiner Schwester durch, dass sie Moritz sofort so ausquetschen wollte. Er hatte damit gerechnet, freuen tat er sich dennoch nicht.

»Also, ich studiere, nebenbei mach' ich Videos für MyTube …«, begann Moritz zu erzählen. Ihm schien Annes Neugierde wenig auszumachen. Er erzählte von der Uni, von den Tagen, die er im Norden verbrachte, nur seine eigenen Eltern und die Probleme mit Tim ließ er geflissentlich aus. Natürlich hatte Lars seiner Schwester von dieser Front erzählt, aber auch sie besaß genug Taktgefühl, nicht weiter nachzufragen. Sie interessierte sich stattdessen für Moritz' Studiengang und erzählte von der Arbeit und Felix. Die Zeit verging wie im Flug.

»Ach wisst ihr, ich bin froh, dass ihr so glücklich seid miteinander!«, meinte Anne, als sie sich schließlich verabschiedeten.

»Wir auch«, antwortete Lars und umarmte seine Schwester. Nachdem sich Anne auch von Moritz verabschiedet hatte – natürlich nicht, ohne ihm noch etwas sehr Geheimes ins Ohr zu flüstern, ging sie zu ihrem Auto. Lars und Moritz machten sich zu Fuß auf den Heimweg.

»Tja, das war meine Schwester. Manchmal etwas überschwänglich, aber eigentlich ein herzensguter Mensch«, sagte Lars und grinste Moritz unsicher an. Er wusste nicht genau, was für einen Eindruck Moritz von ihr gewonnen hatte.

Doch Moritz nickte. »Sie ist toll. Wenn deine beste Freundin, wie hieß sie noch? Na, wenn sie nur halb so nett ist, bleib' ich einfach für immer hier!«

Lars blieb das Lachen über diese Bemerkung fast im Hals stecken. Er war nicht sicher, wie ernst sie gemeint gewesen war.

»Sandra«, beantwortete Lars Moritz' Frage, um den Gedanken zu verscheuchen.

»Stimmt, Sandra. Ja, ich freu mich auf jeden Fall darauf, sie heute Abend kennenzulernen. Wie hieß noch ihr Mann?«

»Freund. Lothar. Super Typ. Die beiden passen zusammen wie Arsch auf Eimer!«, erklärte Lars.

»Und wer ist der Arsch?«

Als sie die Haustür erreichten, fiel Lars etwas ein.

»Sag mal, was hat dir Anne eigentlich vorhin noch zugeflüstert?«

»Wann?«, fragte Moritz scheinheilig. Er wurde schon wieder rot.

»Tu doch nicht so! Bei der Verabschiedung«, führte Lars näher aus und beobachtete Moritz eingehend. Seine Gesichtsfarbe wurde immer dunkler. Nun begann er, zu grinsen.

»Sie hat gesagt, dass wir ein tolles Paar abgeben und sie sich freut. Und dass ich dich wohl sehr glücklich mache?« Den letzten Teil ließ Moritz wie eine Frage klingen.

Nun spürte Lars, wie ihm die Röte ins Gesicht kroch. Wusste Moritz nicht, wie glücklich er ihn machte?

»Tust du«, erklärte er, dann griff er nach Moritz Hand und betrat den Hausflur. Hier, im geschützten Haus, fühlte er sich sicher genug, seine Zuneigung auch zu zeigen.

***

Am Abend machten sie sich wieder zu Fuß auf den Weg, dieses Mal zu Lars' bester Freundin. Sie hatte eine kleine Party organisiert, „einfach so". Es würden einige Freunde kommen, die Lars auch kannte, und möglicherweise auch ein paar unbekannte Gesichter. Lars war noch wesentlich nervöser als vor dem Treffen mit Anne. Er hatte keine Ahnung, wie die Partygäste auf ihn und Moritz reagieren würden.

Bevor er bei Sandra klingelte, nahm er Moritz' Hand und verschränkte ihre Finger miteinander. Die Geste sollte einerseits den anderen Partygästen zeigen, dass sie ein Paar waren. Andererseits fand Lars in der Berührung eine gewisse Sicherheit und Ruhe. Moritz grinste ihn selbstsicher an, er schien überhaupt keine Scheu zu haben. Beruhigend strich er mit dem Daumen über Lars' Handrücken. Dann wurde der Summer betätigt.

»Hey! Hi! Schön, dass ihr da seid!«, rief eine bekannte Stimme, als sie die letzten Treppenstufen erklommen hatten.

»Hi!«, begrüßte Lars Sandra, die in der Tür wartete. Sie umarmten einander, dann zog Lars Moritz neben sich.

»Moritz, das ist Sandra, die Gastgeberin des heutigen Abends. Darf ich dir Moritz vorstellen?«

Ohne ein weiteres Wort abzuwarten, zog auch Sandra Moritz in ihre Arme und drückte ihn an sich.

»Moritz, endlich! Ich hab' schon so viel von dir gehört! Komm rein!« Mit diesen Worten zog sie ihn in ihre Wohnung. Kopfschüttelnd folgte Lars ihnen und schloss die Tür. Er begrüßte einige der anderen Gäste, dann machte er sich auf die Suche nach seinem Freund.

Er fand ihn in der Küche, mit einem Bier in der Hand und mit Sandra ins Gespräch vertieft.

»… ach, weißt du, mach' dir darum keine Gedanken. In jedem Studiengang gibt es langweilige Seminare«, erklärte Sandra gerade. Dann sah sie Lars.

»Na, hast du uns gefunden?«, fragte sie grinsend.

»Klar, kaum sucht man euch 'ne Stunde«, erwiderte Lars und nahm sich ebenfalls eine Flasche Astro aus dem Kühlschrank. »Hast du Moritz schon ausgequetscht?«, fragte er, während er sich setzte.

»Bisher nur über die Uni«, antwortete Sandra. »Und, wie geht's mit deinen Eltern?«, fragte sie dann frei heraus. Lars sah, wie Moritz rot anlief.

»Sandra, nicht«, versuchte er noch, zu intervenieren, doch Moritz schüttelte den Kopf.

»Ist schon okay. Nicht so toll, um ehrlich zu sein. Vor allem mein Vater nimmt mir das alles sehr übel und fühlt sich persönlich beleidigt. Aber was soll ich machen, es sind schließlich meine Eltern«, antwortete er und nahm einen Schluck Bier. Sandras Miene wurde ernst.

»Ja, aber sie sollten dir dein Glück trotzdem gönnen«, erklärte sie. »Hast du schon überlegt, vielleicht auszuziehen? Einfach, um ein bisschen Abstand in die Sache zu bringen?«

Lars verdrehte die Augen. Das waren genau die Worte, die Moritz selbst schon benutzt hatte. Und jetzt bestärkte sie ihn auch noch darin!

»Ja, aber ganz so schnell geht das ja auch nicht. Aber klar, darüber nachgedacht hab' ich schon«, antwortete Moritz achselzuckend.

»Können wir vielleicht mal über was anderes reden?«, klinkte Lars sich wieder in das Gespräch ein.

»Logisch«, antwortete Sandra und grinste bereits wieder. »Wir könnten zum Beispiel über euer Sexualleben sprechen, oder über meinen letzten Zahnarztbesuch … was euch so passt!«

Lars riskierte einen Seitenblick und stellte fest, dass Moritz bereits wieder rot geworden war.

Plötzlich brach Sandra in lautes Lachen aus. »Nimm mich bloß nicht so ernst, Moritz! Das war nur ein Spaß!«

Moritz musste nun ebenfalls lachen.

»Sie hält sich für ganz besonders witzig«, erklärte Lars und zwinkerte seiner besten Freundin zu.

»Klar, weil ich ganz besonders witzig bin!«

»Ja, ich lass' dich gern in dem Glauben.«

Moritz lachte nun schallend. Prustend holte er Luft.

»Also, Sandra, wie war dein letzter Zahnarztbesuch?«

KAPITEL 24

Sie unterhielten sich noch eine Weile in der Küche mit Sandra. Dann und wann kamen andere Gäste dazu, quatschten ein wenig mit oder holten sich nur etwas zu trinken. Plötzlich hörten sie leises Getuschel, dann eine männliche Stimme, die Moritz nicht kannte.

»Könntet ihr mal alle ins Wohnzimmer kommen? Sandra, du auch!«

Moritz sah verwirrt zwischen Sandra und Lars hin und her. Die beiden wechselten ebenfalls einen Blick, dann standen sie auf. »Das war Lothar, Sandras Freund«, erklärte Lars, während er voran in Richtung Wohnzimmer ging. Die meisten anderen Partygäste waren bereits hier versammelt, jeder mit seinem Getränk in der Hand. In ihrer Mitte hatten sie etwas Platz gelassen. Lars und Moritz stellten sich nun zwischen zwei andere Gäste und harrten der Dinge, die da kommen sollten.

»Sandra, ich hab' da mal 'ne Frage«, hörte Moritz wieder die Stimme den unbekannten Lothars. Sandra, die noch an der Tür stand, reckte sich, um ihren Freund ausmachen zu können. Moritz ahnte, worauf das hinauslief.
Zwischen den anderen Partygästen bahnte sich ein Mann, der offenbar Lothar war, den Weg. Sandra sah ihn mit großen Augen an, wie er vor ihr stand, inmitten ihrer Freunde, die Hände in den Hosentaschen vergraben.

»W- was denn?«, stotterte sie. Moritz merkte, wie Lars nach seiner Hand tastete. Er ergriff sie, ohne hinzusehen. Die Augen konnte er nicht von Sandra abwenden.

»Sandra«, begann Lothar und hob ein wenig die Stimme. Es schien, als wollte er, dass ihn jeder hören konnte.
»Wir kennen uns jetzt seit fast 15 Jahren. Fast genauso lange sind wir zusammen. Wir leben zusammen, wir teilen seit Jahren alles miteinander. Ich finde, es wird wirklich Zeit.« Er machte eine Pause, ergriff mit seiner rechten Hand Sandras linke Hand und ließ sich dann auf ein Knie sinken.
Eigentlich ist das doch das schlimmste Klischee, dachte Moritz. *Aber irgendwie passt es.*
»Sandra, willst du meine Frau werden?« Bei diesen Worten hatte Lothar einen feinen, goldenen Ring aus der Hosentasche gezogen und hielt ihn vor ihr in die Höhe. Moritz hatte das Gefühl, dass alle Partygäste die Luft anhielten, so gespannt waren sie. Sandra öffnete und schloss den Mund, ohne dass auch nur ein Ton herauskam.
»Sandra?«, fragte Lothar, nun sehr viel leiser. Langsam begann sie, zu nicken. Das Nicken wurde immer heftiger, irgendwann schluchzte sie ein »ja«, das beim zweiten Mal noch lauter wurde. Dann zog sie Lothar zu sich hoch und drückte ihm einen Kuss auf. »Ja!«, rief sie noch einmal, während er ihr den Ring an den Ringfinger der linken Hand steckte.

Plötzlich, als ob sie ein unsichtbares Zeichen erhalten hatten, begannen alle Gäste, zu klatschen. Auch Lars und Moritz lösten ihre Hände voneinander, um mit zu klatschen. »Herzlichen Glückwunsch!«, riefen einige der Gäste und »Prost, auf die frisch Verlobten!«.

Nachdem Sandra und Lothar sich voneinander gelöst hatten, gingen Lars und Moritz zu ihnen. Lars schloss Sandra in die Arme und gratulierte ihr.

»Herzlichen Glückwunsch!«, sagte auch Moritz.

»Danke«, erwiderte Lothar. »Du musst Moritz sein?«

»Genau.«

»Freut mich!« Lothar gab ihm die Hand. »Hab' schon viel von dir gehört!«

»Na, ich hoffe, nur Positives«, erwiderte Moritz grinsend.

»Sicher!« Lothar zwinkerte ihm freundschaftlich zu.

»Oh mein Gott, ich kann's kaum glauben!«, rief Sandra und besah sich ihren Ring. »Lars, wusstest du davon?«

Lars schüttelte den Kopf und hob die Hände. »Ich wusste nix, ich schwör's! Das hat er ganz allein geplant!«

»Irre«, flüsterte sie.

»Sag mal, Lars, jetzt hab' ich mal eine Frage an dich«, führte sie nach einer kurzen Pause aus. Lars sah sie mit hochgezogenen Augenbrauen an.

»Willst du mein Trauzeuge sein?«

Nun schien Lars wie perplex. Moritz stieß ihn mit dem Ellenbogen an, damit er antwortete.

»Ja, äh, klar. Danke!«, stotterte er und schloss Sandra noch einmal in die Arme.

»So, und jetzt hole ich uns was zu trinken«, beschloss Sandra und ging in Richtung Küche.

Eine Weile später saßen sie nebeneinander auf Sandras Couch. Die meisten anderen Gäste waren bereits gegangen und der Abend wurde gemütlicher. Gerade hatte Sandra wieder Gäste zur Tür gebracht.

»So, das waren die letzten«, sagte sie, als sie zurückkam. Dann ließ sie sich wieder in den Sessel fallen. Lothar kam gerade aus der Küche und brachte ihnen allen ein Glas Wasser.

»Danke«, sagte Lars und nahm sein Wasser an. Den anderen Arm hatte er um Moritz geschlungen, der sich an seine Brust gelehnt hatte. *So könnte ich stundenlang hier sitzen*, dachte Moritz wohlig.

»Ach Mensch, ihr seid echt süß zusammen«, bemerkte Sandra plötzlich und lächelte ein warmes Lächeln. »Ich bin froh, dass ihr so glücklich seid miteinander!«

Lars drückte Moritz etwas näher an sich. Moritz war sich sicher, dass sie beide sich im Moment genauso glücklich fühlten wie Sandra.

»Danke«, sagte er.

»Im Ernst«, fügte Sandra nachdrücklich hinzu. Dann beugte sie sich ein Stück vor. »Ihr gebt wirklich ein tolles Paar ab und ich freu mich tierisch für euch. Moritz, du scheinst den guten Lars hier wirklich glücklich zu machen.«

Moritz merkte, wie er rot wurde. Unruhig rutschte er auf seinem Platz hin und her. »Danke«, brachte er noch einmal hervor.

Kurz dachte er darüber nach, dass Sandra genau die gleiche Formulierung benutzt hatte wie Anne am Mittag. Diese zwei schienen wirklich Zwillinge im Geiste zu sein.

»Moritz, wie lange bleibst du eigentlich noch?«, fragte Lothar plötzlich unvermittelt.

»Morgen geht's schon wieder heim«, erwiderte Moritz und seufzte. Er fühlte sich niedergeschlagen, wäre gern noch sehr viel länger in Pinneberg und bei Lars geblieben. Aber er hatte Verpflichtungen. Uni, MyTube, das alles duldete nicht ständig Aufschub.

»Oh, das ist aber schade«, merkte Sandra an. Moritz nickte. Wieder drückte Lars ihn eng an sich.

»In einer Woche fahre ich aber runter! Es sind quasi nur ein paar Tage«, versuchte Lars, ihn aufzumuntern. Es gelang nur halbwegs.

»Ich weiß«, murrte Moritz. Er hatte das Gefühl, schon wieder wie ein trotziges Kind zu klingen.

***

»Na komm, es sind nur fünf Tage«, versuchte Lars es noch einmal. Sie standen am Gleis, gleich würde Moritz' Zug einfahren.

»Ja, ich weiß. Aber meine Eltern werden alles andere als froh sein, dass du zu mir kommst und überhaupt … mir geht das alles so auf den Sack!«, erklärte er niedergeschlagen. Es fehlte nur noch, dass er mit dem Fuß aufstampfte. Lars nahm ihn in den Arm, ungeachtet der Tatsache, dass sie mitten auf dem Bahnsteig standen. Behutsam strich er Moritz über den Rücken, sodass er Gänsehaut bekam.

»Das wird schon«, murmelte Lars beruhigend. Moritz hoffte inständig, dass er recht hatte.

Erst als der Zug einfuhr, lösten sie sich. »Ich hoffe«, antwortete Moritz. »Ich melde mich, wenn ich zu Hause bin«, sagte er dann und schulterte seine Tasche.

»Mach das. Ich liebe dich!«

Moritz hatte sich zwar schon in Richtung Zug gedreht, wandte sich aber noch einmal um. Rotbackig erklärte er »ich dich auch!«, bevor er einstieg.

KAPITEL 25

Die nächsten Monate verbrachten Moritz und Lars in einer Fernbeziehung. Sie versuchten, sich möglichst oft gegenseitig zu besuchen, doch gerade Moritz' Eltern waren dabei keine große Hilfe. Es war jedes Mal ein Kampf, wenn Lars bei Moritz übernachten sollte, sodass sie zu Beginn des Wintersemesters dazu übergingen, dass Moritz in den allermeisten Fällen nach Pinneberg fuhr und nicht umgekehrt.

»Moritz, warum fährst du immer weg?«, fragte seine Mutter eines Montagmorgens, als Moritz mit gepackter Tasche im Flur vor ihr stand. Moritz verdrehte die Augen.
»Das könnte möglicherweise damit zu tun haben, dass ihr meinen Freund nicht mögt«, erwiderte er bissig.
»Schatz, das stimmt doch nicht!«, sagte Andrea aufgebracht.
»Nein, du hast recht. Ihr mögt ihn. Oder würdet ihr zumindest, wenn er nicht mein Freund wäre. Wenn ihr endlich damit klarkämt, dass wir uns lieben, würde er mich vielleicht auch mal wieder hier besuchen kommen!«
Mit diesen Worten knallte Moritz die Wohnungstür hinter sich zu. Was erwartete sie denn? Dass er sich von Lars trennte, weil sein Vater das besser fand?! Das kam gar nicht in die Tüte!

Wütend stapfte Moritz die Treppe hinunter und zur U-Bahn, die ihn zum Bahnhof bringen würde.

Bin unterwegs!

164

Er schickte die Nachricht an Lars ab, als er am Hauptbahnhof angekommen war. Er freute sich wie jedes Mal, wenn er Lars besuchte, auch wenn ihn die ewige Fahrerei nervte. Mittlerweile könnte er sich glatt eine von diesen Abokarten für die Bahn holen. Preislich würde es sich auf jeden Fall lohnen.

Während er am Gleis wartete, kam ihm wieder dieser Gedanke, den er jetzt schon länger mit sich herumtrug. Nachdenklich sah er auf sein Handy. Er wusste nicht, wen er um Rat bitten sollte. Obwohl, es gab da jemanden, fiel ihm ein. Genau eine Person. Er wählte ihre Nummer. Nach dem zweiten Klingen nahm sie ab.

»Moritz, was kann ich für dich tun?«

»Hi Sandra. Stör‘ ich?«

»Gar nicht! Was gibt‘s Gutes?«, antwortete sie fröhlich.

»Hm, ich weiß nicht, ob‘s gut ist. Also, ich hab‘ eine Frage und wüsste gern deine Meinung. Ich hab‘ noch nicht mit Lars gesprochen, deshalb …«

»Kein Thema, ich halte dicht«, unterbrach sie ihn. »Worum geht‘s?«

Moritz war immer wieder erstaunt, wie entspannt Sandra war. Sie stellte nie irgendwelche dummen Fragen, redete meist Tacheles und blieb dabei immer herzlich. Er mochte Lars‘ beste Freundin und mittlerweile war sie auch für ihn zu einer engen Vertrauten geworden. Vor allem nach der Sache mit Tim … Moritz wollte gar nicht daran denken.

Nun schilderte Moritz ihr seine Pläne, oder viel mehr die Idee und sie reagierte absolut begeistert. Nachdem sie noch einige Fragen gestellt hatte, fällte Sandra ihr finales Urteil.

»Du scheinst das echt gut durchdacht zu haben. Mein Rat: Rede mit Lars. Ich bin auch gern dabei. Dann wird schon alles gutgehen!«

»Danke. Mach' ich. Und ich würde mich freuen, wenn du dabei wärst. Wir sehen uns die Tage, ja?«

»Auf jeden Fall! Bis bald«, beendete Sandra das Gespräch.

Die nächsten Stunden der Zugfahrt nutzte Moritz, um an seinem aktuellen Video für MyTube zu schneiden. Es sollte eine Parodie werden, für die er das ganze Wochenende gedreht hatte. Wenn das Video wie geplant am Dienstag erscheinen sollte, musste er sich ranhalten.

Parallel dachte er darüber nach, wie er Lars die Idee möglichst schmackhaft machen könnte. Er war sich wirklich nicht sicher, ob Lars sich tatsächlich so freuen würde, wie Sandra annahm. Bisher hatte er immer eher die Meinung vertreten, dass Moritz ein gutes Verhältnis zu seiner Familie behalten solle.

Aber genau aus diesem Grund kam Moritz ja erst auf die Idee. Damit das Verhältnis zu seinen Eltern sich wieder entspannte. Aber wie fing er es am besten an? Möglichst schonen auf jeden Fall. Kurz, bevor er am Hamburger Hauptbahnhof ankam, klingelte sein Handy.

»Hallo?«

»Hi Moritz!«, meldete Lars sich am anderen Ende. »Du, Sandra hat mich gerade angerufen.«

Perplex atmete Moritz heftig ein. Hatte Sandra Lars etwa doch etwas von seinen Plänen verraten? Sofort fühlte er sich schlecht.

»Sie hat gefragt, ob wir mit ihr und Lothar nachher Essen gehen wollen?«, fuhr Lars dann fort. Moritz entspannte sich. Das war wahrscheinlich das Silbertablett, um Lars seine Idee zu erzählen, aber immerhin hatte sie ihn nicht verraten. Und Nägel mit Köpfen zu machen, war Sandras Spezialität, das kannte er schon von ihr. Der Hochzeitstermin von ihr und Lothar stand schließlich auch schon fest.

»Super, klar, ich freu mich. Ich bin gleich in Hamburg, also in 'ner Dreiviertelstunde in Pinneberg. Wohin geht's denn?«, antwortete er nun.

»Klasse, dann hol ich dich da ab. Ich glaub', sie wollte zu diesem Chinesen, wo wir neulich schon mal waren.«

»Alles klar! Da, wo es dieses leckere Entenmenü gab?«

»Genau da. Bis gleich!«

Moritz freute sich. Der Chinese war ein kleiner, ruhiger Laden mitten in Pinneberg. Sie waren schon ein paar Mal dort gewesen und Moritz bekam schon jetzt Hunger auf das leckere Entenmenü.

***

»Hi Kleiner! Na, wie war die Fahrt!«, begrüßte Sandra ihn und schloss ihn in die Arme. Er musste schmunzeln, war er doch durchaus einen ganzen Kopf größer als sie.

»Gut, danke«, antwortete er laut. Dann setzte er ein geflüstertes »was wird das?« hinterher.

»Ein Abendessen«, flüsterte sie zurück und grinste schelmisch. Sie nahmen Platz und bestellten Essen und Getränke. Dann erzählten sie erst einmal, was sie in den letzten Wochen voneinander verpasst hatten.

»Ich habe ein Brautkleid!«, verkündete Sandra stolz.

»Cool, Glückwunsch! Wie sieht es aus?«, fragte Moritz neugierig. Sandra war einen verschwörerischen Blick zu Lars und ruckte dann mit dem Kopf zu Lothar.

»Kann ich dir jetzt nicht erzählen«, murmelte sie und zwinkerte. Moritz verstand. Der Bräutigam durfte das Brautkleid natürlich vor der Hochzeit nicht sehen. Und dazu gehörte offenbar, dass er auch nicht wissen durfte, wie es aussah.

»Es sieht toll aus, ich war beim Kauf dabei«, erklärte Lars und grinste Sandra zu.

»Ja, es sieht wirklich toll aus«, schwärmte nun auch Sandra. Das Essen kam.

»Sag mal, Moritz, wie läuft's eigentlich mit deinen Eltern?«, fragte Lothar plötzlich. Das war dann wohl sein Stichwort.

»Nicht so gut. Immer noch Theater wegen der Beziehung. Erst heute früh hab' ich mich mit Mama in die Haare gekriegt, weil ich so oft hier hochfahre.«

Neben ihm seufzte Lars. Er schien noch mehr Probleme damit zu haben als Moritz selbst.

»Sag mal, warum ziehst du nicht aus?«, fragte Lothar.

»Ach, wenn das mal so einfach wäre. Finde doch mal irgendwo eine bezahlbare Wohnung. Und in der Nähe der Uni sollte sie wohl auch sein …« Moritz riskierte einen Seitenblick zu Lars. Dieser betrachtete Sandra etwas zu aufmerksam. Wahrscheinlich ahnte er bereits, worauf sie hinauswollte.

»Sag mal, worauf willst du hinaus?«, fragte er wie auf Kommando. Natürlich hatte er sie durchschaut.

»Auf gar nichts! Ich frag' doch bloß!«, gab sie sich unschuldig.

»Ist schon okay. Ich hab' tatsächlich schon überlegt, wie ich das mit dem Auszug am besten anstelle«, ergriff Moritz wieder das Wort. Jetzt kam er seiner Idee gefährlich nahe.

Lars wandte sich ihm zu, Überraschung im Blick.

»Hast du?«

Er nickte. »Jap. Aber 'ne eigene Wohnung ist halt wirklich zu teuer. Deshalb dachte ich ...« Er machte eine Pause.

»Ja?«, fragte Lars. Moritz holte tief Luft. Er merkte, wie auch Sandra und Lothar, der garantiert eingeweiht gewesen war, sich anspannten. *Jetzt oder nie*, dachte er.

»Ich dachte, ich könnte vielleicht herziehen.«

Jetzt war es raus. Moritz stieß die Luft schwallartig aus. Er hoffte, mit dem Vorschlag nicht zu weit gegangen zu sein, und wappnete sich innerlich schon vor einer Schimpftirade. Doch die kam nicht. Lars sah ihn mit großen Augen an. Dann wechselte der Blick ruckartig zwischen ihm, Sandra und Lothar.

»Äh«, machte er wenig gehaltvoll.

»Und die Uni?«, stellte er dann offenbar die erste Frage, die ihm einfiel.

»Sie bieten meinen Studiengang auch an der Uni in Hamburg an. Ich könnte zum Sommersemester wechseln und müsste dann ein oder zwei Semester dranhängen. Das wäre kein Problem«, erklärte Moritz, was er auch Sandra schon erzählt hatte. Lars nickte.

»Das hast du ja schon ordentlich durchdacht«, stellte er fest. Dann sah er noch einmal zu Sandra.

»Lars, das ist 'ne tolle Idee. Für euch beide! Denk' mal in Ruhe darüber nach«, sagte sie. Lars nickte. Dann winkte Lothar dem Kellner, damit sie zahlen konnten.

Als sie gemeinsam zu Lars nach Hause gingen, war dieser sehr still. Normalerweise quatschten sie unterwegs über Gott und die Welt, doch dieses Mal wartete Moritz geduldig ab. Vielleicht musste Lars den Vorschlag erst verdauen, bevor er etwas dazu sagen konnte. Stumm schloss Lars die Haustür auf und ging nach oben zu seiner Wohnung. Dort angekommen zog er mechanisch die Schuhe aus und ging ins Schlafzimmer, um sich umzuziehen. Moritz blieb in der Schlafzimmertür stehen. Als Lars sich umdrehte, stellte er sich ihm in den Weg.

»Lars, würdest du mal bitte mit mir reden?«, bat er und fasste seinen Freund sanft an den Schultern. Lars blinzelte und wirkte regelrecht überrascht, dass Moritz so dicht vor ihm stand.

»Was ist mit deinen Eltern?«, flüsterte er. Moritz seufzte.

»Meine Eltern und ich haben im Moment nicht das allerbeste Verhältnis, falls dir das entgangen sein sollte. Und ich glaube, dass dieses Verhältnis sich nur bessern kann, wenn wir nicht mehr ständig aufeinanderhängen«, erklärte er.

»Ja, aber es sind deine Eltern!«, beharrte Lars.

»Ich weiß. Aber so kann es nicht weitergehen. Jedes Mal, wenn ich zu dir fahre, streite ich mit ihnen. Jedes Mal, wenn du zu mir kommst, machen sie einen riesigen Aufstand. Das muss ein Ende haben. Und ich wäre gern öfter in deiner Nähe. Oder willst du mich nicht hier haben?«

Moritz wusste, dass diese Sorge komplett unbegründet war und genau deshalb hatte er sie ausgesprochen. Um Lars aus der Reserve zu locken.

Wie erwartet sah Lars ihn entsetzt an.

»Natürlich will ich dich hier haben! Am liebsten immer! Aber ich will nicht, dass du dich dafür mit deinen Eltern überwirfst! Familie ist so wichtig, Moritz. Ich kann doch nicht zulassen, dass du wegen mir ein schlechtes Verhältnis zu deinen Eltern hast!« Er griff nach Moritz' Gesicht und strich über seine Wangen. Moritz bekam eine Gänsehaut. Dann sah er Lars in die Augen und erkannte echte Sorge darin.

»Lars«, flüsterte er. »Ich weiß das doch alles. Aber so wird das Verhältnis nicht besser. Vielleicht hilft uns, meinen Eltern und mir, ein bisschen Abstand. Auf jeden Fall ist das besser als der Ist-Zustand.«

Lars nickte. »Wenn du das sagst. Und wann soll es soweit sein?«

»Ende Februar? Dann ist vorlesungsfreie Zeit, die Klausurenphase ist auch vorbei und ich kann meine Hausarbeiten von hier schreiben. Zum Sommersemester kann ich dann in Hamburg anfangen. Ich muss vorher nur noch eine Wohnung hier in der Gegend finden«, erklärte Moritz.

Lars schüttelte den Kopf. »Blödsinn!«

»Hä?«, machte Moritz. Er verstand nichts.

»Na, du ziehst natürlich nicht in irgendeine Wohnung«, erklärte Lars bestimmt.

»Wenn du schon hier hochziehst, können wir auch gleich Nägel mit Köpfen machen und du ziehst hier ein!«

In Moritz' Magen machte sich ein Kribbeln der angenehmsten Sorte breit. Er würde zu Lars ziehen!!!

»Und, mein Freund, du redest bitte vorher mit deinen Eltern. Ich komm nicht im Februar zum Umzug runter und die wissen von nix!«

Moritz wagte nicht, zu widersprechen. Er wusste, dass Lars recht hatte.

KAPITEL 26

»Sag mal, wird Tim eigentlich beim Umzug helfen?«, fragte Lars am nächsten Morgen beim Frühstück. Moritz hatte schon länger nichts mehr von Tim berichtet und er wusste nicht, ob die beiden inzwischen wieder miteinander sprachen. Weil Moritz nicht antwortete, sah Lars von seinem Brötchen auf.

»Hm?«, machte er. Moritz schüttelte den Kopf.

»Ich glaub' nicht«, sagte er tonlos.

Mist, dachte Lars. Hatte er etwa einen wunden Punkt getroffen?

»Oh, sorry. Willst du drüber reden?«, fragte er behutsam. Moritz zuckte die Schultern. »Im Grunde redet er einfach nicht mehr mit mir.«

Lars wartete ab. Manchmal brauchte Moritz einfach einen Moment, bevor er genauer anfing, zu erzählen. Als hätte er auf sein Stichwort gewartet, holte er tief Luft und fing an.

»Nachdem er mich als „Schwuchtel" betitelt hat, hab' ich ihn ein paar Tage in Ruhe gelassen. Er hatte sich in den ganzen Seminaren weggesetzt und mich im Prinzip mit'm Arsch nicht mehr angeguckt. Dann war vorlesungsfreie Zeit und danach hatten wir plötzlich kein Seminar mehr zusammen. Ich hab' ihn zwar noch aufm Campus gesehen, aber das war's. Irgendwann haben wir uns dann in der Mensa getroffen, zufällig und da hab' ich's dann nochmal versucht. Er hat mich angeguckt, als wär' ich ein Alien. Dann hat er vor mir auf den Boden gespuckt, hat mich nochmal beleidigt und ist mit ein paar anderen Typen lachend abgehauen. Das war's.«

Nachdem Moritz' Erzählung geendet hatte, fühlte sich die Luft dicker an. Lars hatte den Eindruck, man könnte sie schneiden. Er wusste nicht, wie er reagieren sollte. Mitleid? Wut auf Tim, dieses Arschloch? Oder sollte er Moritz sagen, dass Tim es nicht wert war? Am liebsten wäre er nach Essen gefahren und hätte Tim eine aufs Maul gehauen, aber das war wohl nicht die feine englische Art. »Du musst nix sagen, ich weiß, dass Tim es nicht wert ist und dass er ein Arschloch ist und so«, sagte Moritz plötzlich. Lars blinzelte. Moritz grinste in ein wenig an, doch das Lächeln erreichte seine Augen nicht.

Bevor Lars noch etwas erwidern konnte, vibrierte sein Handy.
»Sandra?«, fragte Moritz. Lars warf einen Blick aufs Display und nickte.

Und, wann steigt der Umzug?

Er las die Nachricht laut vor. »Knaller. Sie kennt mich besser als ich selbst«, lachte er. Auch Moritz musste lachen, die ernsthafte Situation hatte sich praktisch in Luft aufgelöst.

Ende Februar. Und du bist zum Helfen eingeteilt!!

»Ich freu mich, wenn du hier einziehst«, murmelte Lars und biss nochmal von seinem Brötchen ab. Bei dem

Gedanken daran stieg wieder das altbekannte Kribbeln in seiner Magengegend auf.

»Ich mich auch«, antwortete Moritz und tat es ihm gleich.

***

Endlich war es soweit. Lars fuhr gemeinsam mit Anne, Sandra und Lothar ins Ruhrgebiet, um Moritz und seine Sachen abzuholen.

»Glaubst du, er hat wirklich mit seinen Eltern gesprochen?«, fragte er seine Schwester nun schon zum gefühlt hundertsten Mal.

»Hat er gesagt, er hat mit ihnen gesprochen?«, fragte sie zum hundertsten Mal zurück. Lars nickte auf dem Fahrersitz.

»Siehst du. Sag mal, soll ich lieber fahren?«

Sie hatte gemerkt, wie nervös er war. Seit einem halben Jahr hatte er Moritz' Eltern nicht mehr gesehen. Und jetzt kam er, um ihren Sohn mitzunehmen. Trotzdem schüttelte er nun den Kopf.

»Geht schon. Und wir sind ja gleich da.« Er sah in den Rückspiegel, Sandra fuhr immer noch hinter ihm. Seine Schwester hatte ihn nicht allein fahren lassen wollen, deshalb saß sie mit in seinem Auto. Sandra fuhr dafür Annes Wagen und Lothar kam mit seinem hinterher. Mit drei Autos würden sie Moritz' Sachen und ihn selbst in einer Fuhre nach Pinneberg bekommen. Zumindest war das das erklärte Ziel.

Bei Moritz Elternhaus angekommen erwartete er sie schon vor der Tür.

»Mensch, ihr seid spät dran!«, rief Moritz, als Lars und Anne ausgestiegen waren.

»Stau«, antwortete Anne knapp und umarmte Moritz. Dann winkte sie Sandra und Lothar heran und lotste sie in die benachbarten Parklücken.

»Alles klar?«, fragte Lars und gab Moritz einen kurzen Begrüßungskuss. Moritz nickte. »Wir müssen nur noch meinen Kram einladen. Und …« Moritz stockte. Lars sah ihn misstrauisch an.

»Und was?«

»Und meinen Eltern tschüss sagen.«

»Hi Moritz!«, mischte sich nun Sandra ein und umarmte ihn. »Legen wir gleich los?«

Lars nickte. »Sofort, gib uns zwei Minuten.« Er sah Sandra mit einem Blick an, der keinen Widerspruch duldete. Zumindest hoffte er, dass er diese Wirkung hatte. Es schien zu funktionieren, denn sie nickte und ging zurück zu den anderen.

»Du hast aber schon mit ihnen gesprochen, oder?«, fragte Lars eindringlich, als sie wieder allein waren.

»Ja doch. Sie waren absolut nicht begeistert. Und sie glauben nicht, dass ich's wirklich durchziehe. In meinem Zimmer stehen die gepackten Kartons, aber sie glauben, dass ich bleiben werde. Also müssen wir da jetzt zusammen reingehen und ihnen klarmachen, dass ich wirklich ausziehe«, antwortete Moritz.

Lars seufzte. Natürlich glaubten Moritz' Eltern nicht, dass er tatsächlich auszog. Wollten es nicht wahrhaben. Auch Lars hatte immer noch eine leise Stimme im Hinterkopf, die ihm einredete, dass es eine dumme Idee war. Er wollte sich nicht zwischen Moritz und seine Eltern stellen.

»Okay, los geht's«, murmelte er dann und griff nach Moritz' Hand. »Gehen wir!«, rief er den anderen zu und ging voran ins Haus.

»Mama, Papa? Die Umzugshelfer sind da!«, rief Moritz und klang selbstsicherer als noch vor einer Minute. Lars zeigte den anderen den Weg in Moritz' Zimmer, während dessen Eltern aus dem Wohnzimmer in den Flur kamen.

»Das ist doch wohl nicht dein Ernst?!«, dröhnte Jürgens Stimme zu ihnen. Sandras und Lars' Blicke trafen sich.

»Doch. Ich hab's euch hundert Mal erklärt. Ich ziehe heute zu Lars«, antwortete Moritz und klang verdächtig ruhig. Als hätten sie sich abgesprochen, stellten alle Helfer ihre Kisten wieder ab und traten in die Diele.

»Und wer ist das alles?«, fragte nun Andrea und deutete auf die Helfer.

»Das ist Anne, Lars' Schwester. Und das sind Sandra und ihr Verlobter Lothar. Sie helfen uns, damit wir alle meine Sachen in einer Tour nach Pinneberg bekommen«, erklärte Moritz und deutete auf die Helfer.

»So so, Lars' Schwester. Was halten Sie denn davon, dass Ihr Bruder einen festen Freund hat? Dass Sie niemals Tante werden?«, wandte Jürgen sich höhnisch an Anne. Sie wirkte einen kurzen Augenblick perplex über die dreiste Frage. Lars wollte schon einschreiten, doch sie hielt ihn am Arm zurück.

»Wer sagt denn, dass ich niemals Tante werde? Haben Sie schon mal was von Adoption gehört? Und Moritz und Lars sind glücklich miteinander, was soll ich also dagegen haben?«, antwortete sie gelassen und souverän. Zu allem Überfluss zuckte sie auch noch die Achseln. Jürgen nickte.

»Und Sie, Sandra? Sind Sie auch mit Lars verwandt?«
Während Moritz entsetzt von Sandra zu seinem Vater und
wieder zurücksah, hielt Lars die Luft an. Er hatte das
ungute Gefühl, dass diese Situation noch eskalieren würde,
wenn Jürgen jetzt nicht langsam aufhörte, die anderen zu
provozieren.

»Nein, ich bin seine beste Freundin. Ich gehöre zu der
Familie, die man sich selbst aussucht.« *Was man von Ihnen ja
nicht gerade behaupten kann*, fügte Lars im Geiste hinzu, was
Sandra nicht aussprach.
»Seine beste Freundin also. Und Sie haben gar kein
Problem damit, dass Lars einen Jungen von gerade einmal
22 Jahren zum Partner hat? Das stört Sie nicht im
Geringsten? Ich meine, 13 Jahre Altersunterschied sind
schon eine Menge, oder?« Dass Jürgen bei diesem Satz
nicht gehässig grinste, war aber auch alles.

Lars hielt die Luft an. Er hatte eine dunkle Ahnung, was
als nächstes passieren würde. Er machte sicherheitshalber
einen Schritt nach hinten und zog Moritz mit sich. Er sollte
besser nicht in der Schusslinie stehen. Gleichzeitig machte
Sandra einige große Schritte auf Jürgen zu und baute sich
vor ihm auf. Ungeachtet der Tatsache, dass sie ein gutes
Stück kleiner als Moritz' Vater war, wirkte sie in diesem
Moment weitaus bedrohlicher.

»Jetzt hören Sie mir mal gut zu«, zischte sie und Jürgen
wich einen halben Schritt zurück. *Respekt*, dachte Lars.
»Nur weil Sie irgendein bescheuertes Problem mit dem
Glück Ihres Sohnes haben, heißt das noch lange nicht, dass

es anderen Menschen genauso geht! Ob Sie es glauben oder nicht: Es gibt Menschen, die sich für die beiden freuen! Moritz und Lars machen einander sehr glücklich. Sie lieben sich und wollen zusammen sein. Und Sie versuchen hier nach Leibeskräften, die Beziehung Ihres Sohnes zu zerstören! Wie kann man so etwas nur mit seinem Gewissen vereinbaren?!« Sie holte tief Luft.

Mit einem leicht panischen Gesichtsausdruck sah Moritz Lars an. Lars zuckte die Achseln. Wenn Sandra erst einmal in Fahrt war, konnte man sie nicht davon abhalten. Sie sagte eben, was sie dachte. Und sie stand für ihre Freunde ein.

Jürgen schien etwas sagen zu wollen, doch Sandra schnitt ihm sofort das Wort ab.

»Ich verstehe schon, Sie wollen Enkel, bla bla bla. Haben Sie schon mal überlegt, dass das immer noch die Entscheidung von Moritz ist, ganz egal, mit wem er zusammen ist? Und wen interessiert denn bitte der Altersunterschied?! Ja, 13 Jahre klingen nach viel. Aber die beiden sind volljährig, verdammt nochmal! Sie können ihre Entscheidungen selbst treffen! Und Ihre Aufgabe ist es nicht, Moritz vor irgendwelchen möglichen Fehlern zu beschützen, sondern sich für ihn und sein Beziehungsglück zu freuen!«

»Reden Sie nicht in so einem Ton mit mir«, versuchte Jürgen nun, ein Stückchen Autorität zurückzugewinnen. Er wurde langsam rot. Doch Sandra lachte nur hart und freudlos auf.

»Solange Sie Ihren Sohn so behandeln, rede ich mit Ihnen, wie es mir passt. Und Sie!« Sandra wandte sich an Andrea, die eng neben ihren Mann gepresst stand.

»Warum lassen Sie zu, dass Ihr Mann so mit Lars und Moritz umgeht? Das haben die beiden absolut nicht verdient!«

Hilfesuchend wandte sich Andrea ihrem Mann zu. Der schüttelte den Kopf und wurde, sofern es denn möglich war, noch röter.

»Raus aus meinem Haus!«, rief er und packte Sandra grob am Arm. Lars sah Rot und wollte schon auf die beiden losstürzen, doch Anne kam ihm zuvor. Sie huschte an ihrem Bruder vorbei und packte das Handgelenk von Jürgen.

»Lassen Sie sie los«, sagte sie und legte so viel Hass in jedes einzelne Wort, wie sie nur konnte.

Lars spürte, wie Moritz entsetzt nach seiner Hand griff. Jürgens Blick glitt über Annes Hand zu ihrem Gesicht.

»Sie verlassen jetzt sofort mein Haus! Moritz bleibt hier!«, brüllte er und umfasste Sandras Oberarm fester. Nun schritt auch Lothar ein.

»Lassen Sie Sandra los. Wir nehmen jetzt Moritz' Sachen und werden gehen. Und Sie brauchen wirklich keine Angst zu haben, dass Sie uns nochmal wiedersehen«, erklärte er mit ruhiger Stimme und löste erst Annes Finger um Jürgens Handgelenk und dann dessen Hand an Sandras Arm. Sie rieb sich den Arm und funkelte Jürgen böse an.

»Sie sind ein homophobes Arschloch und nichts Anderes«, erklärte sie, holte aus und verpasste Jürgen eine deftige Ohrfeige. Moritz und Andrea sahen entsetzt zwischen den beiden hin und her.

Sandra machte auf dem Absatz kehrt, griff Lothar und Anne an den Armen und zog sie in Moritz' Zimmer. Lars konnte hören, wie die drei Kartons stapelten und Säcke durch die Gegend zogen. Jürgen hielt sich perplex die Wange.

»Papa, ich ziehe aus. Ob du das willst oder nicht«, murmelte Moritz und ging nur ebenfalls, dicht gefolgt von Lars, in sein Zimmer.

KAPITEL 27

Noch während Lars und er in sein Zimmer gingen, huschten die anderen mit den ersten Kisten an ihnen vorbei.

»Alles okay?«, fragte Lars leise, als sie in der Stille von Moritz' Kinderzimmer angekommen waren. Er zog Moritz in eine Umarmung und Moritz lehnte seinen Kopf haltsuchend an Lars' Schulter. Er nickte, obwohl er sich nicht sicher war, ob wirklich alles in Ordnung war.

»Komm, lass uns einfach packen und abhauen«, erklärte er und griff wahllos nach einer Kiste. Er hatte das Gefühl, dringend raus zu müssen.

Im Treppenhaus kamen ihnen Anne und Lothar entgegen. Beide drückten kurz Moritz' Schulter und verschwanden dann nach oben. Sandra lehnte an Lars' Auto und wartete auf die beiden Männer.

»Hey Moritz, sorry, dass ich so ausgerastet bin. Ich hätte deinem Vater echt keine verpassen dürfen. Auch, wenn's sich wirklich gut angefühlt hat«, murmelte sie. Um ihre Mundwinkel spielte ein kleines Lächeln. Moritz tat die Entschuldigung mit einer Handbewegung ab.

»Unsinn. Ich glaub', er hatte es wirklich nicht anders verdient. Außerdem hat er ja mit den Handgreiflichkeiten angefangen!«, antwortete er, während Lars die Kisten im Auto verstaute.

»Und danke«, fügte Moritz dann noch hinzu. Sandra sah ihn mit hochgezogenen Brauen an. »Dass du so Partei für mich ergriffen hast.«

»Für uns«, sagte Lars, der hinter dem Wagen auftauchte.
Sandra grinste.
»Da nicht für, Jungs«, erklärte sie und drückte er Lars und
dann Moritz einen Kuss auf die Wange.
»So und jetzt kommt, wir wollen doch noch vor Einbruch
der Dunkelheit hier los, oder?«
Die Jungs nickten eifrig und folgten Sandra, um die
restlichen Sachen zu holen.

Etwa eine Stunde später machten die fünf sich endlich auf
den Rückweg nach Pinneberg. Moritz' Eltern hatten sich
im Wohnzimmer verbarrikadiert und diskutierten lautstark
darüber, ob Jürgen Sandra anzeigen sollte.
»Das soll er mal versuchen«, murmelte Anne irgendwann.
»Er hat doch mit der Scheiße angefangen!«
Moritz wusste, dass sein Vater niemanden anzeigen würde.
Ihm musste klar sein, dass es hier vier Zeugen gab, die
darauf schwören würden, dass Sandra gar nichts gemacht
hatte.

Auf der Rückfahrt fuhr Moritz bei Lars im Auto mit. Anne
war auf ihren eigenen Wagen umgestiegen.
»Moritz, ich hab' echt ein schlechtes Gewissen«, erklärte
Lars, als sie auf die Autobahn auffuhren.
»Warum das denn?«, fragte Moritz entrüstet. Ihm fiel beim
besten Willen nichts ein, weshalb Lars ein schlechtes
Gewissen haben müsste.
»Ich hab' das Gefühl, ich stelle mich zwischen dich und
deine Eltern«, begann Lars, doch Moritz schritt sofort ein.
»Stopp. Lars, ich will das nicht hören. Nicht du stellst dich
zwischen mich und meine Eltern, sondern mein Vater
stellt sich zwischen uns. Er ist selbst schuld an der

Situation. Ich liebe dich und bin glücklich mit dir. Das muss er akzeptieren. Punkt.« Er legte so viel Autorität in seine Stimme, wie er nur konnte, um Lars zu zeigen, dass er keinen Widerspruch dudelte. Und tatsächlich sagte Lars nichts mehr.

Moritz lehnte den Kopf an und verschränkte seine Hand auf dem Schaltknüppel mit Lars' Fingern. Dann sah er einen Moment aus dem Fenster auf die vorbeirauschende Landschaft.

***

»Moritz? Hey, Schlafmütze, aufwachen«, flüsterte plötzlich Lars' Stimme. Ruckartig setzte Moritz sich auf und rieb sich die Augen.

»W- was ist los?«, fragte er schlaftrunken. Wann war er eingeschlafen? Lars, der neben ihm an der geöffneten Beifahrertür stand, kicherte leise.

»Wir sind da. Die anderen bringen schon fleißig deine Sachen nach oben«, erklärte er. Moritz erschrak. In Windeseile schnallte er sich ab und sprang aus dem Wagen. Sofort verlor er das Gleichgewicht und taumelte gegen Lars.

»Hey, Vorsicht«, murmelte Lars und hielt ihn kurz fest.

»Hab' ich die ganze Fahrt verschlafen?«, fragte Moritz, immer noch völlig verwirrt und rückte seine Brille zurecht. Lars lächelte ihn an.

»So ziemlich, ja. Und weil es inzwischen echt spät ist – scheiß Stau – können wir auch sofort ins Bett, wenn deine Sachen erstmal in unserer Wohnung sind.«

In unserer Wohnung, dachte Moritz und musste lächeln. Das klang wirklich schön. Er nickte und ging zum Kofferraum des Wagens, um eine Kiste herauszuheben. Doch da war keine mehr.

»Äh, Lars? Wo sind meine Sachen?«

Lars folgte ihm um das Auto herum und grinste spitzbübisch. »Oben.«

»Was? Hast du nicht gerade gesagt …?«

»Jap.«

»Du Lügner!«, beschuldigte Moritz Lars. »Warum hast du mich nicht eher geweckt? Ich hätte euch doch geholfen!«

»Ach, die anderen dachten, dass du so viel Stress hattest in den letzten Wochen. Da wollten sie dir eine kleine Freude machen.«

»Und wo sind die anderen jetzt?« Moritz sah sich suchend um. Er wollte sich unbedingt bedanken.

»Sie sind vor fünf Minuten gefahren. Wir können also direkt zum gemütlichen Teil des Abends übergehen.«

Moritz hatte eine Ahnung, was Lars meinte. »Na gut«, murmelte er und zwinkerte Lars zu. Dann machte er sich auf den Weg zum Haus.

An der Tür überholte Lars Moritz, sodass Moritz sich beeilen musste, um hinterher zu kommen. Trotzdem wartete Lars bereits oben an der Wohnungstür, als Moritz dort ankam. Er strahlte von einem Ohr zum anderen und hielt Moritz ein kleines Schächtelchen hin. Etwas verwirrt nahm Moritz die Schachtel. Statt sie zu öffnen sah er Lars mit hochgezogenen Brauen an.

»Aufmachen!«, forderte Lars und grinste immer noch.

Seufzend wandte Moritz seine Aufmerksamkeit wieder dem kleinen Kästchen zu und öffnete den Schnappverschluss.

»Herzlich willkommen«, flüsterte Lars.

In der Schachtel befand sich ein kleiner Schlüsselbund auf rotem Samt.

»Sind das etwa meine Schlüssel?«, fragte Moritz leise. Er war regelrecht gerührt, was für einen Aufwand Lars für seinen Einzug betrieben hatte. Er sah auf und in Lars' strahlendes Gesicht. Er wirkte wie ein kleines Kind an Weihnachten. Moritz machte einen kleinen Schritt auf Lars zu, schlang ihm die Arme um den Hals und drückte ihm einen Kuss auf die Lippen. Lars hielt in fest und strich über seinen Rücken.

Für einen Moment war alles vergessen. Der Uni-Wechsel, die Strapazen der letzten Monate, das anstehende Coming-Out vor der Community, selbst der Streit mit Tim und seinen Eltern und die Eskalation früher am Tag. Freude durchströmte Moritz. Echte, glückselige Freude über sein neues Leben, das gemeinsame Leben mit Lars.

EPILOG

VIER JAHRE SPÄTER

»Alles klar? Bist du bereit?«, fragte Sandra und rückte Moritz' Fliege zurecht. Der grinste sie an, mit Wangen so rot wie selten zuvor.

»Ich war nie bereiter.«

Sandra lächelte, dann drückte sie Moritz an sich und gab ihm einen Kuss auf die Wange.

»Das Wort gibt's zwar nicht, aber sehr schön. Dann lass uns gehen.« Sie hakte Moritz unter und verließ gemeinsam mit ihm das Zimmer. Am Ende des Flurs, vor einer Tür, wartete Anne.

»Alles klar?«, fragte sie die beiden.

»Logisch. Wo ist Lars?«, antwortete Sandra und strich Moritz beruhigend über den Arm.

»Der muss noch kurz was erledigen, sagt er. Wir sollen hier warten.«

Moritz sah zu Sandra und in seinem Blick lagen Skepsis und Zweifel.

»Entspann dich. Alles wird gut. Ihr heiratet heute. Es wird nichts schiefgehen. Versprochen«, redete Sandra ihm gut zu und strich ihm nochmals über den Arm. Moritz nickte, obwohl ihm latent schlecht war. Plötzlich kam Lars um die Ecke, in einem ebenso schicken Anzug wie Moritz und mit ebenso roten Wangen.

»So, es kann losgehen!«, rief er freudestrahlend und klatschte in die Hände.

Die Hand von Moritz' Arm war verschwunden, Sandra hatte Anne an der Hand gefasst und war mit ihr im Trauzimmer verschwunden.

»Alles okay?«, fragte Moritz, als Lars direkt vor ihm stand.

»Natürlich. Anne ist die beste Trauzeugin, die ich mir wünschen konnte«, murmelte Lars und gab Moritz einen Kuss.

»Kann ich von Sandra auch behaupten«, erwiderte Moritz.

»Was musstest du denn eben noch erledigen?«, fügte er dann hinzu. Lars grinste seinen Bräutigam an.

»Lass dich überraschen. Komm, wir sollten reingehen und die anderen nicht so lange warten lassen.« Mit diesen Worten zog Lars Moritz in den Raum. Ein Raunen ging durch die Reihen.

Sandra und Anne warteten vorne neben dem Standesbeamten. Lothar und Felix saßen in der ersten Reihe. Daneben warteten noch Lars' Eltern und einige weitere gemeinsame Freunde auf sie. Lars' Eltern hatten Moritz sofort als Schwiegersohn akzeptiert und freuten sich über die Eheschließung.

Die Trauzeremonie war schlicht, schön und nicht zu kitschig. Lars' Mutter und Sandra verdrückten beim Kuss ein paar Tränchen, dann war es vorbei. Das frisch angetraute Paar drehte sich um und wollte gerade den feierlichen Auszug aus dem Standesamt beginnen, da wurden Moritz' Augen groß. Dort, direkt neben der Tür standen –

»Mama? Papa?«, fragte Moritz und sein Griff um Lars'
Hand verstärkte sich. Seine Mutter hatte Tränen in den
Augen und auch sein Vater wirkte irgendwie gerührt.

»Oh, Moritz«, schluchzte Andrea und stürzte auf ihren
Sohn zu. Perplex breitete Moritz die Arme aus und hielt
seine Mutter fest. Sie drückte ihn an sich, schluchzte an
seiner Schulter und murmelte immer wieder »es tut mir so
leid« und »ich freu mich so für euch«. Auch Jürgen kam
nun näher. Lars zog Andrea sanft in seine Arme und
tröstete sie, während Jürgen auf seinen Sohn zutrat.

»Herzlichen Glückwunsch, Moritz«, brachte er heraus und
machte seinem Sohn im Rotbäckchen-Contest wieder
Konkurrenz.

»Danke«, murmelte Moritz und sah seinen Vater zweifelnd
an.

»Lars hat uns angerufen … warum hast du denn nichts
gesagt?«

Moritz schnaubte. »Ihr habt doch immer abgeblockt! Ihr
habt euch doch nicht mehr für mich und mein Leben hier
interessiert! Warum hätte ich euch darüber informieren
sollen?!« Er machte eine Geste, die den gesamten Raum
umfasste, und wurde unwillkürlich mit jedem Wort lauter.

Dann merkte er, wie sich eine Hand auf seinen Arm legte.
»Moritz war sehr verletzt, als Sie jeden Kontakt
abgebrochen haben, kaum dass er hergezogen ist. Es ist
wahnsinnig nett von meinem Bruder gewesen, Sie
anzurufen. Also, warum sind Sie hergekommen, wenn Sie
Moritz doch nur Vorwürfe machen?«, fragte Anne ruhig.

»Weil Moritz unser Sohn ist und heute heiratet!«,
schluchzte Andrea, die immer noch an Lars' Brust lehnte.

»Es tut uns so leid! Wir wollen dir keine Vorwürfe machen! Und wir freuen uns für euch.«

Moritz' Zorn war sofort verraucht. Zu glücklich war er an diesem Tag, als dass er sich das durch einen dummen Kommentar vermiesen lassen wollte.

»Ist schon okay. Ihr seid hier und das ist das, was zählt«, erklärte er und sah von seiner Mutter zu seinem Vater. Auf Jürgens Gesicht breitete sich ein Lächeln aus.

»Na dann, komm her, mein Sohn«, sagte er und nahm Moritz in die Arme. »Und du auch«, fügte er hinzu und zog auch Lars an sich.

DANKSAGUNG

Hey. Ich muss noch ne Danksagung verfassen.

Ja und?

Ich hab' keine Ahnung, wie …

Kann doch so schwer nicht sein!

Doch! Dieses klassische „Ich danke x und y und z" ist doch super langweilig für die Leser!

Hm. Wem willst du denn alles danken?

Naja, da wäre meine Lektorin, Sophie. Ohne die wäre das Buch wahrscheinlich nicht mal halb so gut geworden. Außerdem hat sie mir ordentlich in den Hintern getreten, sodass das Manuskript eine Woche früher als zuletzt erwartet fertig wurde!

Das ist doch schon mal was. Weiter?

Auf jeden Fall noch Flo! Der hat das Cover designt und sich mal wieder selbst übertroffen. Ich liebe seinen Zeichenstil einfach!

Warte, ich gucke mal eben…

Stimmt, das Cover ist der Hammer! Okay, war's das?

Noch lange nicht. Meine Testleserinnen Sandra und Coco darf ich auch nicht vergessen!

Was sind denn Testleser?

Die haben das Manuskript vorab gelesen und ihren Senf dazugegeben. Was sie gut fanden, was nicht schlüssig ist, was sie doof fanden... ähnlich wie Sophie, aber nicht so professionell. Deswegen werden Testleser auch nicht bezahlt, sondern bekommen ein dickes DANKE in der Danksagung.

Ah, okay. Und die waren auch hilfreich?

Total! Die geben sozusagen als erste Personen „echtes" Leserfeedback. Wie kommt das Buch beim Leser an? Weißt du?

Quasi ein erster Eindruck, wie das Buch später läuft?

Genau!

Das war's dann aber, oder?

Nee. Da sind ja noch mehr Leute, die mich im Hintergrund unterstützt haben. Björn, der mir ständig den Rücken freigehalten hat, zum Beispiel.

Und Anna, die mir auch einen ordentlichen Tritt in den Allerwertesten verpasst hat!

Du brauchst offenbar ganz schön viele Tritte...

Wohl. Aber neben Brotjob, Töchterlein, Haushalt und anderem Kram ist das Schreiben viel zu oft hinten rüber gefallen. Da hilft es, wenn man wunderbare Menschen um sich hat, die einen motivieren, weiterzuschreiben. Eben wie Anna, Björn oder Sophie.

Wow, dann haben die echt großen Anteil an diesem Buch.

Eben! Und deswegen will ich ihnen ja DANKE sagen!

Na dann: **DANKE!**